Jens Kirsch

Sauerstoff

- Geschichten zum Einschlafen -

Ob Ella besser einschlafen wird, wenn ihr Mann Fred nicht mehr schnarcht? Ob Marja, mit Freundin Petra und Großmutter, jemals Wolin, welches so sehr dem sagenhaften Vineta gleicht - für die Großmutter jedenfalls-, erreichen wird? Wird Mucki die Schläge seiner Mutter verkraften? Vertreiben die Männer um den langen Petersen vermeintliche Diebe aus ihrem Dorf?

Lesen Sie die teils vergnüglichen, teils bitteren Geschichten, die zwar in ihren kurzen Fassungen Einschlafformat haben, nicht jedoch in ihren Inhalten.

Jens Kirsch

Sauerstoff

- Geschichten zum Einschlafen -

Für Susann

© 2019 Jens Kirsch

Herstellung und Verlag: BoD – Books on Demand, Norderstedt

ISBN: 978-3-7504-2289-6

Sauerstoff	6
Monte Daltierra	14
Marjas Großmutter	22
Nach den Gewittern	33
Projektarbeit	41
Rote Pickel	47
Streife	52
Thailand	60
Gina ist weg	67
Urks	73
Sackgasse	83
Krischan, Lene und das Kätzchen	89
Aschkatze	96
Überall	102

Sauerstoff

Ella Merten war die Verkörperung dessen, was man landläufig als eine gestandene Frau bezeichnet. In der Größe Mittelmaß, mit einigen Pfunden zu viel an den richtigen Stellen, drehte sich noch mancher Kerl nach ihr um, wenn sie durch die Fußgängerzone der Stadt flanierte, obwohl sie aus dem Alter nun tatsächlich heraus war. Immerhin konnte sie voller Stolz auf ein halbes Dutzend Enkel verweisen, die, zumindest die Älteren von ihnen, ebenfalls ihren Mann standen. Oder die Frau, wenn Sie so wollen. Ella fühlte sich rundherum wohl im Leben. Die Tage vergingen in gemächlicher Gleichmäßigkeit. Ihr Mann Fred verließ jeden Morgen pünktlich das Haus und kam erst am späteren Abend wieder, denn seine Arbeitsstelle lag einige Orte entfernt. So addierte sich zwar die Fahrzeit zu seinen täglichen acht Stunden, doch diese kleine Unannehmlichkeit wurde durch die großzügige jährliche Steuerrückerstattung der gefahrenen Kilometer mehr als ausgeglichen. Jedenfalls aus Sicht Ellas, die sich jedes Jahr wieder ein schönes neues Kleid von der Lohnsteuerausgleichszahlung leistete.

Ja, der Mensch muss sich etwas gönnen, und die begehrlichen Blicke der Männer auf der Flaniermeile gaben ihr irgendwie auch recht. Und wenn sie die Kleider jedes Jahr einen Tick kürzer wählte? Wenn schon, denn auf ihre schönen Beine konnte Ella wirklich stolz sein!
Es hatte also alles seine beste Ordnung.
Aber wie es das Sprichwort besagt: Unter jedem Dach wohnt ein Ach! Und das Ach Ellas bestand in einer kleinen unscheinbaren Verkrümmung im Nasengang ihres Mannes, die dazu führte, dass Fred, sobald er sich in die Horizontale begab, unweigerlich zu schnarchen begann. Viele Jahre ertrug Ella das nächtliche Getöse neben ihr klaglos. Vielleicht trugen ihr täglicher Erschöpfungszustand, der aus der anstrengenden täglichen Arbeit und den tagesabschließenden Ritualen der Kindererziehung resultierte, dazu bei, dass sie das Schnarchen ihres Gatten kalt ließ? Vielleicht war ihr Schlaf damals einfach tiefer, weil sie noch jung war?
Zuerst verließen die Kinder das Haus, später wurde die Arbeit leichter. Sie brauchte sich nicht mehr krumm zu legen und hatte schließlich auch andere Bedürfnisse, als Abend für Abend neben einem von der Arbeit ausgelaugten alten Sack einzuschlafen, um ihm dann am Morgen den Kaffee zu kochen und die Brote zu schmieren.

Während Fred also seinem eisernen Lebensrhythmus folgte, und jeden Abend pünktlich gegen neun Uhr in seinem Bett verschwand – er musste schließlich früh raus -, verschob Ella ihre Ablage im gemeinsamen Ehebett in kleinen Schritten in Richtung Mitternacht.

Später hörte sie von den verschiedenen Schlaftypen, von Eule und Lerche, mochte sich allerdings nie als Eule einordnen. Denn immerhin war sie auch nach dem Abschluss der zeitlichen Verschiebung des Zubettgehens immer noch früh auf den Beinen. Fred bekam weiter seinen morgendlichen Kaffee und seine Brote von ihr zubereitet. Ebenso wenig, wie sie sich als Eule sah, konnte sie Fred als Lerche einordnen. Dafür machte er ihr einfach zu viel Lärm in der Nacht!

Und dieser Lärm klang wirklich nicht wie Lerchengesang: Das Schnarchen klang weniger wie Tierisches, eher wie etwas Technisches, etwas ungesund Kaputtes.

Früher, als sie noch in der landwirtschaftlichen Genossenschaft arbeitete, wurde sie am Morgen, gemeinsam mit den Kindern, in einem altersschwachen Bus der Marke Ikarus abgeholt. Der Ikarus wurde in keiner Weise seinem Namensgeber gerecht. Wenn der Fahrer auf das Gaspedal trat, röhrte und schnaufte die Karre und stieß gewaltige rußige Schwaden aus.

Dazu kam das krachende Geklapper der Motorenhaube, die sich am Heck unterhalb der durchgehenden Rückbank befand und bei jeder Delle ihren Beitrag zum Lärm des Transportfahrzeuges leistete. Und genau an diese Mischung von asthmatischem Aufbrüllen des betagten Dieselmotors und rhythmischem Blechschlag der Haube dieses Busses erinnerte sie nun Abend für Abend das Atemgeräusch des Gefährten an ihrer Seite.
Zunächst versuchte sie, das Schnarchen durch sanfte Gewalt zu beenden. Sie hielt Freds Nase zu, stupste ihn liebevoll an, rüttelte manchmal auch sanft an seiner Schulter.
Ja, Fred unterbrach die Tiefschlafphase und begab sich in fast muntere Traumgefilde, wie ihr seine rollenden Augäpfel bewiesen. Doch kaum schaltete Ella das Licht aus, kehrte Fred in den Modus der gleichmäßig lärmenden Ikarusfahrt zurück.
Später folgte mancher Tritt, den sie ihm gab. Das Ergebnis blieb ähnlich. Vielleicht war der Übergang in die ruhigere Phase des Aktivschlafes ein klein wenig länger - dafür erfolgte der Rückfall in den Dauerlauf des Krawallschlafes nach kurzer Pause umso heftiger.
Ella wusste sich nicht anders zu helfen. Sie verließ das eheliche Schlafgemach, um auf dem Sofa des Wohnzimmers die erforderliche Nachtruhe zu finden. Ein Sofa ist nun aber keine geeignete Schlaf-

stätte und so setzte für Ella ein Schlafmartyrium der besonderen Art ein: Nach Nächten regelmäßig durch Rückenschmerzen unterbrochenen Schlafes auf dem Diwan trieb sie die Müdigkeit wieder ins Ehebett, wo sie der schnarchende Fred bereits erwartete. Nach wenigen Wochen war Ella nervlich und körperlich am Ende. Sie verschlief regelmäßig die morgendlichen Arbeitsvorbereitungen ihres Mannes und Fred war gezwungen, sich seine Stullen selbst zu schmieren. Ja, selbst der Bedienung der Kaffeemaschine musste er sich stellen, wollte er den täglichen Muntermacher genießen.

Fred war davon nicht angetan. Schließlich brachte er das Geld ins Haus, zumindest mehr als Ella.

Dafür durfte er doch wohl erwarten, dass früh der Kaffee auf dem Tisch steht, oder? Und so gern Ella den zunächst wohlwollend vorgetragenen Wünschen des Ehegatten nachgekommen wäre – einige Nächte in der Schlafhölle machten die guten Vorsätze null und nichtig. Entweder ihr tat beim Schlaf auf der Ottomane der Rücken so weh, dass sie erst am Morgen in einen unruhigen Schlummer fand, der ungefähr um den Startzeitpunkt Freds herum dann in die Tiefschlafphase überging, oder sie lauschte dem Brüllen ihres Mannes. Beide Arten der Ruhephase führten zum gleichen Ergebnis: Kaffee und Brote fielen aus.

Fred fühlte sich als Herr des Hauses herabgewürdigt. Mit eisiger Miene löffelte er selbst den Kaffee in den Filter, mit grimmigem Blick strich er die Butter auf die Brotscheiben. An den Abenden würdigte er seine Frau keines Wortes.

Die Stimmung im Hause Merten war am Tiefpunkt angekommen. Es konnte so nicht weitergehen. Ella konsultierte in aller Heimlichkeit ihre kürzlich geschiedene Freundin und informierte sich genauestens über die diversen Stufen des Niedergangs dieser Ehe. Fred studierte die Annoncen in „Sie sucht ihn".

Wie der Zufall es will, kam Fred eines Tages ein Rollstuhlfahrer entgegen. An sich schaute Fred über Behinderte ganz gern hinweg. Er will sich mit dem Thema nicht befassen! Aber irgendwie kam ihm der Typ vage bekannt vor und, ja, es war Jürgen!

Zwei Schläuche in der Nase des alten Freundes führten zu einem kleinen rucksackartigen Tornister. Jürgen hatte eine Sauerstoffflasche an Bord des kleinen Elektrofahrzeugs, die ihm den Stoffwechsel in Schwung brachte.

Nach einem kurzen Gespräch – *Hähä, was haben wir nicht gesoffen!* - holperte der ehemalige Freund davon.

Fred aber ging nachdenklich weiter. Sauerstoff, Eigenblutdoping, war das nicht früher ein Privileg der Reichen, oder zu ehrgeiziger Sportler, die sich mit Sauerstoff fit hielten? Könnte er nicht mit Sauerstoff sein Schnarch- und Ellas Schlafproblem beheben?

Ich will es kurz machen: Beim Einschlafen Schläuche in der Nase zu fühlen – daran musste sich Fred erst gewöhnen. Aber selbst diese kleine Unannehmlichkeit führte bereits dazu, dass sein Schnarchen unterdrückt wurde.

Klar, zunächst muffelte Fred an den Morgen nach der ungewohnten Sauerstoffbelüftung vor sich hin. Ihm fehlte nun ebenfalls ein wenig Schlaf. Aber nur einige Tage später gewöhnte er sich an die kleine Störung und Ella kehrte in das gemeinsame Ehebett zurück. Angespannt lauschte sie, lauschte und lauschte, bis sie schließlich einschlief… .

Im Traum sah sie, wie sie und ihre beiden Ältesten Hand in Hand zur Bushaltestelle liefen. Die schwarze Katze, die mit dem weißen Lätzchen, begleitete sie auf ihrem Weg zur Bushaltestelle. Miezi, hatte sie nicht Miezi geheißen? Miezi also würde dort am Haltepunkt auf ihre Rückkehr von der Arbeit warten.

In der Ferne sah sie einen Bus, ihren Ikarus! Dieser allerdings war strahlend weiß und sein Auspuff stieß keinen Ruß aus. Nichts trübte den blauen Himmel. Miezi setzte sich auf die Hinterläufe und begann sich gemächlich zu putzen. Die Kinder

pflückten noch schnell einige Kornblumen, kamen auf sie zu, mit den viel zu großen Ranzen auf dem Rücken, die kleinen fusseligen Sträußchen in der Hand. Mit ganz ernsten Gesichtern streckten sie ihr die Wildblumen entgegen. Ella nahm die Blumen vorsichtig entgegen.
Und leise, ganz leise kam der Bus immer näher, bis er schließlich vor ihnen anhielt.

Monte Daltierra

Zur Zeit eines der großen Beginne baute ein junger Bauer sein Haus an einen der milden Hänge des Tales des Flüsschens Oscher. Die Sage berichtete, dass von seinem Grunde aus ein unterirdischer Gang bis zu den Pforten des Klosters Hilda im Osten des Landes führe. Tatsächlich waren am selben Hang mehrere Kellergänge geteuft, in denen die Bauern ihre mühsam den Unwägbarkeiten des Wetters abgetrotzte Ernte bargen.

Einer dieser Stollen begann am neuen Haus des Bauern zur Rechten, während das Haus zur Linken sinnvoll durch eine wehrhafte Mauer ergänzt wurde. Das an sich recht kleine Häuschen bekam dadurch etwas Burgartiges und der Bauer, bewusst oder unbewusst, tat das Seine, um diesen Charakter durch weitere Anbauten sein Leben lang zu betonen.

Durch den Hinzubau von Schuppen, Verschlägen und Türmchen längs der Wehrmauer entstand eine Burganlage im Kleinen, die zur Dorfstraße hin nur noch durch eine Ziehbrücke hätte ergänzt werden müssen.

Die Taubenschläge hätten, als Pechnasen fungierend, jeden ungebetenen Eindringling mit Taubenmist verkippt, der es gewagt hätte, ungerufen das schwere Tor zu durchdringen. So erhielt das Anwesen zunächst spöttisch den Namen Burg Ottostein, nach dem Vornamen des Häuslers.

Otto verfiel mit zunehmendem Alter einem Autarkiewahn, der etwas später in einer verschärften Variante, die Obrigkeit des gesamten Landes erfasste. Nach dem Beenden seiner beruflichen Schaffenszeit als Bauer wollte Otto durch das Sammeln von Holz unabhängig von Brennstoffimporten werden. Deshalb verfüllte er jedes noch so kleine Loch des Anwesens mit Brennholz. Über diesem Vorhaben ging viel Zeit und am Ende er dahin.

Die neuen Besitzer, eine junge Familie mit großstädtischem Hintergrund, schliff als erstes die Wehranlagen und versah das Haus mit zeitgemäßem Komfort.

Kinder und Gäste waren willkommen und die Zeiten Ottosteins verblassten am Zeithorizont des großen Vergessens. In einem freundlichen Garten spendeten Gruppen von Haselnusssträuchern und Kiefern Schatten. Über die allein verbliebene und auf das Notwendige gestutzte Wehrmauer klang Kinderlachen.

Die Regierung lebte indessen ihren Autarkiewahn aus, den die Erwachsenen mit Wein aus dem wohltemperierten Kellergang und selbst hergestellten, zu guten Konditionen zu verkaufenden Kunstwerken des Mannes aushielten. Die Frau, von Beruf Lehrerin, brachte den Kindern die deutsche Sprache nahe.

Die Bildungsmöglichkeiten der Kinder blieben, trotz der rigiden Eingriffe der Regierung in alle Lebensbereiche, akzeptabel.

Die regierungsseitig angestrebte Landesautarkie erwies sich als undurchführbar und verschwand sang- und klanglos im Konsumrausch, den eine neu herbeigerufene ermöglichte.

Die Weinsorten im Keller der Besitzer bekamen einen qualitativen Hub: Ausgezeichnete weiße Weine von Saale und Unstrut, sogar Meißener Weine vervollständigten die Lagerbestände. Die roten Weine kamen aus aller Herren Länder. Die Absicherung des Lebensunterhaltes durch Kunstwerke allerdings war schwer geworden.

Neben den Kindern mussten Erwachsene geschult werden, um die neu verordneten Rahmenbedingungen des Lebens zu verstehen, proaktiv an - oder widerstandslos hinzunehmen. Also schulte die Frau nun Erwachsene und der Mann griff auf seine großstädtischen Erfahrungen zurück. Er nahm eine zwar ungeliebte aber einträgliche Arbeit auf.

In diesen abhängigen Arbeitsverhältnissen verblieben sie bis zum Eintritt ihres vorgezogenen Pensionsalters. Sie freuten sich, danach wieder das tun zu können, was ihnen am meisten lag und was ihnen viel Freude bereitete: Das schöpferische Herstellen von schönen Dingen. Der Konsumrausch war inzwischen, wie jeder Rausch, nach der euphorischen Phase, in eine Katerstimmung geraten und viele Leute meinten, dass es so nicht weiterginge, da allzu viel durch das rauschhafte Verschwenden kaputtging.

Plötzlich fanden die schönen dauerhaft gemachten Dinge mehr und mehr Anklang und Frau und Mann fanden Erfüllung darin, dass sie sich und auch anderen eine Freude bereiten konnten. So ging ihr Leben seinen Lauf mit Freude und Trauer, mit neuem Leben und gehendem.

Bis eines Tages ein Vorfall dazu führte, dass das Haus im ganzen Dorf einen neuen Namen bekam und viel unternommen werden musste, damit die Zustände in und um das Haus wieder in das gewohnte Gleis zurückgelenkt werden konnte.

Eine große Flut überschwemmte das Land. Es war schon die zweite innerhalb des jungen Jahrhunderts, viele würden offenbar noch folgen. Das Wasser allein konnte dem Haus nichts anhaben, denn es war klug zwischen die Wasserscheiden gesetzt. Allein versteckt unter seinen Fundamenten ruhte eine Kaverne, die aus der Gründerzeit der Löcher grabenden Häusler verblieben war. Sie blieb zunächst unentdeckt, denn sie lag unter Rasensoden versteckt.

So kam es, dass Otto beim Bau des Hauses mit den Feldsteinfundamenten an den Rand dieser kellergroßen Kaverne geriet. Das machte über Jahrzehnte nichts aus - erst als die zweite Jahrhundertflut unterirdisch ihre Wassermassen an der Kaverne vorbeiführte, gerieten deren Wände ins Rutschen.

Als nun der Besitzer des Hauses eines Morgens aus der Tür trat, traute er seinen Augen kaum. Dort, wo sein Vorgarten auf lieblich japanische Weise mit weißen Kieseln bedeckt Wasser darstellte, klaffte ein kellergroßes Loch, welches sich bis unter das Haus fortsetzte.

Auch die Frau blickte in diesen Orkus und ihr brannte sich ein Bild ein: Wir wohnen auf einer verdammten Brücke.

Schnell wurden Fachleute herangeholt, die zum Verfüllen des Loches mit B1200 rieten – das ist ein Beton, mit dem tatsächlich Brücken gebaut werden.

Zwei Großgeräte wurden ins Spiel gebracht: ein martialischer Mischer und eine Betonpumpe vom

Typ Gigalift. Mit Hilfe diese Monstermaschinen wurde die Kaverne verfüllt, so dass am Hang ein unterirdischer Felsen mit zwei Kuppen entstand.

Auf der einen Kuppe ruhte das Haus, während die zweite für den notwendigen Überdruck sorgte, damit der B1200 auch bis in das letzte Eckchen des vormaligen Kellers dringen konnte.

Diese zweite Kuppe nun musste sichtbar bleiben, damit die Versicherungsleute auch glaubhaft feststellen konnten, welche Betonmassen hier verarbeitet wurden. So schaute also die zweite Kuppe des unterirdischen Berges aus dem japanischen Kieselsee und bald schon machte sich im Dorf ein Name breit. Der Berg hieß fortan Monte Daltierra, das Haus erhielt den poetischen Namen Casa Monte Daltierra. Nach einigen Tagen externen Übernachtens während der Festigungszeit des Kunstfelsens konnte das Haus wieder bezogen werden.

Der Mann hobelte wöchentlich die Eingangstür ein wenig nach, da der Monte Daltierra sich setzen musste. Als die Setzungsphase vorbei war, ging der Frau der Blick auf den Unterbau des Hauses hinein in den Orkus nicht aus dem Kopf, sie traute dem Unterbau, der Basis ihres Hauses nicht mehr.

Zur gleichen Zeit legte im Hof des Bruders des Mannes ein besonders empfindsames Huhn nur noch Eier mit so dünner Schale, dass sie bei der kleinsten Berührung zu Bruch gingen, manchmal direkt beim Legevorgang.

Das Huhn hatte so schlechte Nerven, dass es bei der geringsten Erschütterung, die vom torfigen Boden des Grundstückes des Bruders ausging, einen Legekrampf bekam. Das Ei stürzte vorzeitig zu Boden und ging zu Bruch. Der Bruder hatte die Idee, dem Huhn den zweiten Gipfel des Monte Daltierra als Legestelle und gleichzeitige seismische Station zur Verfügung zu stellen, denn dort sollte tatsächlich nichts mehr wackeln.

Sollte andererseits der Monte Daltierra beben, würde das dazu führen, dass das Ei zerbricht. Dieser Eierbruch wäre dann als seismische Warnung frühzeitig erkennbar.

So ging das Huhn mit hermetischem Paketdienst auf die Reise und der Mann baute einen kleinen kunstvollen japanischen Legetempel auf den sichtbaren Gipfel des Monte Daltierra. Das Huhn bezog mit Freude die obere Etage und legte in aller Ruhe ein stoßseitig ungestörtes Ei. Alle freuten sich, alles ging glatt, das Ei blieb heil.

So können die beiden Bewohner des Casa Monte Daltierra nun täglich ein Ei des seismischen Huhnes genießen. Die Frau gewann ganz allmählich das Vertrauen in ihr Haus zurück und das Brückenbild in ihrem Kopf wurde ersetzt durch das Bild eines Hauses am Hang eines gewaltigen Berges, auf dessen zweitem Gipfel ein Huhn in einem japanischen Tempel ein Ei legt.

Marjas Großmutter

Marja hat durch ihre Großmutter mütterlicherseits polnische Wurzeln. Ihre Oma ist in Wolin geboren und zu einer Zeit aufgewachsen, als diese Stadt noch zu Pommern, mit der alten Hauptstadt Stettin, gehörte.
Damals, weit vor dem großen Krieg, als die Oma noch ein Kind war, gab es eine direkte Zugverbindung von Greifswald nach Stettin und auch Wolin war einfacher mit dem Zug als mit dem Auto zu erreichen.
Heute muss Marja, will sie nach Wolin reisen, sich gut überlegen, wie sie diesen Ausflug organisiert. Es gibt eine nördliche und eine südliche Verbindung von Greifswald dorthin. Aber beide sind nicht mehr ganz einfach mit dem Zug zu absolvieren, es sei denn, man nimmt mehrmaliges Umsteigen, eine Fahrt mit der Fähre und ein Stück Fußweg in Kauf.
Und genau diese Umständlichkeit wollte Marja ihrer Oma nicht zumuten, als diese an ihrem Lebensabend sich ganz, ganz stark einen Besuch ihrer alten Heimatstadt wünschte. Die Enkelin konn-

te der Oma den Wunsch nicht gut abschlagen, denn nie, wirklich niemals, hatte die Oma ihr einen Wunsch verwehrt. Selbst als es zwischen dem Kind und seinen Eltern zu ziemlich üblen pubertären Auseinandersetzungen kam, hörte sie kein böses Wort von ihr.

Mit großer Selbstverständlichkeit bot sie der Enkelin Unterschlupf, als diese den Wünschen der Eltern nicht entsprach, das Abitur sausen und die Schule Schule sein ließ.

Sie ging einfach nicht mehr hin, denn damals wollte sie auf einem Reiterhof ihr Geld verdienen. Mistschaufeln ist kein Zuckerschlecken, Lehrjahre sind keine Herrenjahre – alle Vorurteilen nahekommenden Sprichwörter trafen auf ihre Beschäftigung am Reiterhof zu.

Nicht nur die schwere Arbeit verleidete ihr die idyllische Sicht auf die mit den Tieren verbundene Tätigkeit. Nein, auch der Pferdehofbesitzer stellte sich nach anfänglich heftiger Werbung um das hübsche Mädchen bald als ziemlicher Stinkstiefel heraus.

Übrig blieb die schlecht bezahlte, schwere Arbeit auf dem Hof. Sie ging in sich und beschloss ein Jahr später, ihre Schulausbildung doch abzuschließen. Auch diesen Entschluss unterstützte ihre Großmutter mit großer Selbstverständlichkeit.

Marja beendete die Realschule mit einigen Anstrengungen und gutem Erfolg. Nach ihrer Ausbildung zur Krankenschwester kehrte sie in das Haus der Großmutter zurück.

Nur wenige Jahre später ließ sich die Oma aus Einsicht in die Notwendigkeit klaglos den Umzug aus ihrem kleinen Häuschen am Rande eines etwas abgelegenen Dorfes in ein Stift in der nahegelegenen Kreisstadt Greifswald gefallen. Der Umzug war notwendig geworden, denn es ging inzwischen wirklich nicht mehr so weiter wie bisher. Die Oma konnte nicht mehr allein gelassen werden. Zu groß war die Gefahr zu stürzen, oder gar den Gasherd zu vergessen und das ganze Anwesen abzufackeln. Oft genug schlugen in der Vergangenheit die Rauchschwaden angebrannter Kartoffeln aus den Küchenfenstern, oft genug lag die Oma mit schlimmen blauen Flecken, die sie sich beim Sturz über die Schwellen holte, am Boden.

Marja fand einen Wohnheimplatz und verkaufte im Auftrag der Großmutter das kleine Haus, um den Umzug und den Einzug in das Stift zu finanzieren. Marja selbst zog ebenfalls in die Stadt. Sie verdiente recht gut und konnte sich eine Altbauwohnung in der Nähe des Hauptgebäudes der alten Universität mieten.

Nun also war es so weit: die letzte große Reise der Großmutter stand kurz bevor: Eine Reise zurück zu den Wurzeln, zur verklärten Kindheit, direkt in das sagenhafte Wolin, welches sich in der Vorstellung der alten Frau mehr und mehr zu einem traumhaften Ort, einem echten Vineta, wandelte.

Der Tag, an dem Marja von ihrer Freundin Petra abgeholt wurde, denn Marja besaß kein eigenes Auto, begann verheißungsvoll. Petra fuhr mit ihrem roten Nissan vor und die Sonne schickte ihr frisches, morgendlich sanft orange getöntes Licht über noch regenglänzende Straßen. Die letzten Blätter an den Bäumen leuchteten in warmen Farben und verströmten einen herben Duft.

Vom nahe gelegenen Park auf den alten Wallanlagen klangen die durchdringenden Rufe der Krähen herüber. Die Freundin drückte unternehmungslustig die Hupe ihres kleinen roten Wagens, den sie stets sehr sorgsam pflegte. So glänzte das Auto passend zu den herbstlichen Farben und zusammen fuhren die Freundinnen einige Straßen weiter, um die Oma einzuladen. Sie freuten sich am Sonnenaufgang und an den Wolkenbänken, die dem Morgen einen dramatisch schönen Anstrich gaben.

Am Stift angekommen, öffnete Marja die Tür des kleinen roten Autos weit und half der Oma auf die Rückbank. Schon bald lag die Stadt hinter ihnen und die Räder fraßen Kilometer um Kilometer auf der Autobahn in Richtung Osten.

Zu der Zeit, in der sich die Handlung der Geschichte abspielte, erfolgten an der polnischen Grenze noch Grenzkontrollen. Doch drei Frauen auf dem Weg nach Wolin stellten für die Zollbeamten keine Konstellation dar, welche sich zu untersuchen lohnte.

Die Unterhaltung auf den vorderen Sitzen plätscherte gemächlich hin und her: Petra interessierte sich schon längere Zeit für die Wikinger und deren Spuren, die noch heute in der Umgebung der Stadt Anklam, nahe dem Örtchen Menzlin, zu finden sind. Bei einem Spaziergang stießen sie und ihr Freund an der Peene – das ist der Fluss, der den westwärts liegenden Kummerower See mit dem gleichnamigen Strom zum Achterwasser der Insel Usedom verbindet -, auf seltsame Steinlegungen in der Form von Schiffen.

Später fand sie heraus, dass die Wikinger ihren Angehörigen so die Fahrt ins Jenseits erleichtern wollten.

Als Petra jedenfalls dort an diesen Steinschiffchen stand, den Blick über den weiten Fluss gerichtet, nahm eine tiefe Ergriffenheit von ihr Besitz. Das erste Mal im Leben fühlte sie, dass auch ihr Dasein befristet und sie nur ein Gast auf unserer Erde ist. Ein Gast, der zur Welt kommt und wieder gehen muss. Diese Steinlegungen sind fast eintausend Jahre alt.

In Wolin jedenfalls gibt es ein Museum zur Geschichte der Slawen und Wikinger. Petra wollte die Gelegenheit nutzen, um mehr über die Siedler dort an der Peene, bei der Stadt Anklam und dem Dörfchen Menzlin, zu erfahren.

Deshalb überlegten Petra und Marja laut, wie sie den Besuch der polnischen Stadt so abwickeln könnten, dass sowohl die Oma die ihr bedeutsamen Plätze, als auch Petra den Museumsbesuch unter einen Hut bekämen. Die Großmutter blieb zur Diskussion auf den Vordersitzen seltsam still. Sie waren inzwischen etwas östlich Stettins angekommen und Marja beugte sich im Raum zwischen den Sitzen nach hinten. Die Oma war nicht ohne Grund so still. Ihr Kopf war auf die Brust gesunken. Sie war tot.

Marja löste ihren Sicherheitsgurt und griff nach der Hand, die, Handfläche nach oben, auf der Sitzbank ruhte. Ruhig befahl sie ihrer Freundin:

„Halt an!"

Petra blickte nach hinten und erfasste die Situation sofort. Sie sagte kein Wort und an der nächsten Abfahrt hinter Goleniow verließ sie die vierspurige Straße. Spärliche Kiefern säumten die Straße und Türme von Europaletten standen an einem Zaun, neben dem sie ihr Auto schließlich abstellte und den Motor ausschaltete. Marja saß neben ihr, beide Hände vor das Gesicht geschlagen. Der

Kopf der toten Großmutter war zur Seite gesunken. Petra legte ihr die Hand auf die Schulter.

„Du, Marja, wir können deine Oma nicht so sitzen lassen."

Marja flüsterte zwischen den Händen hindurch.

„Niemals hätten wir fahren dürfen…" dann nahm sie die Hände vom Gesicht und brüllte:

„Das war viel zu viel! Das war viel zu … anstrengend für sie!"

Petra fummelte eine Packung Zigaretten aus dem Handschuhfach, schlug dagegen, bis eine ein Stück herausrutschte und hielt der Freundin die Schachtel vor die Nase. Mit zitternden Fingern griff Marja nach der Zigarette, der Zigarettenanzünder klackte und mit einem ersten tiefen Zug ging das Leben weiter. Petra öffnete die Tür auf ihrer Seite und warf die Kippe auf die Straße.

Dann sagte sie „Komm, wir legen sie hin."

Marja schüttelte den Kopf. Sie war noch nicht so weit. Erst als sie wieder in Richtung der Grenze fuhren, drehte sie sich zur anscheinend auf der Rückbank schlafenden Großmutter um. Sie betrachtete das faltige Gesicht und sagte ruhig:

„Sie sieht so friedlich aus. Gelitten hat sie nicht!"

Petra verstellte den Rückspiegel, bis das Gesicht der Toten zu sehen war.

„Du Marja, so möchte ich auch mal sterben. Zack! Aus und vorbei! Ja, sie hat ihren Frieden gefun-

den. Vielleicht ist sie jetzt in ihrem Wolin angekommen?"
Die Frauen sahen sich an und ein kleines Lächeln huschte über Marjas Gesicht, dann sagte sie:
„Ja, vielleicht."
Bis sie zur Grenze kamen, redeten sie kein Wort mehr miteinander. Die polnischen Grenzbeamten winkten sie wieder durch, aber auf deutscher Seite hielt sie ein Uniformierter an. Er klopfte an die Scheibe und als Petra das Fenster einen Spalt öffnete, ranzte er sie nach einem kurzen Blick auf die Großmutter, die offenbar ohne Sicherheitsgurt auf der Rückbank lag, ziemlich harsch an.
„Anschnallpflicht! Stellen Sie bitte den Motor ab."
Relativ schnell leuchtete ihm ein, dass bei Toten ein Anschnallen nicht mehr unbedingt zur erhöhten Unfallsicherheit beitragen könnte. Anscheinend etwas freundlicher gestimmt, sprach der Beamte sein Beileid aus und er stellte fest, dass Petra als Fahrerin auf die Ladungssicherung zu achten habe. Die Tote sei im verkehrsrechtlichen Sinne als Ladung zu betrachten, alles klar? Und überhaupt, den Totenschein, wo hätten sie den?
Tja, und damit begann das eigentliche Drama. Kein Argument zog, weder Omas vorgezeigter Ausweis, noch flehentliches Bitten. Der Beamte blieb hart. Keine Einreise einer Toten ohne Totenschein. Schließlich stiegen die jungen Frauen re-

signiert in ihren Nissan und passierten erneut die Grenze in Richtung Polen. Die polnischen Beamten winkten sie wiederum durch. Nach mehreren Stunden wurde ihnen klar, dass ein Totenschein ein ziemliches Problem sein kann. An den Anmeldungen und Notaufnahmen der Krankenhäuser in und um Stettin wurde ihnen freundlich klargemacht, dass es sich im Fall der toten Großmutter nicht um ein Problem handelt, welches sich mit medizinischen Mitteln heilen ließe. Marja und Petra wurden gnadenlos abgewimmelt.

Nach weiteren zweit Stunde erfolgloser Versuche einen Arzt zu finden, der ihnen einen Totenschein ausfertigt, stellten sie verbittert fest, dass sie in Stettin wohl nicht zum Zuge kommen würden. Sie verließen die Stadt in Richtung Goleniow, in der Hoffnung, dass in einer Kleinstadt hilfsbereitere Menschen leben könnten. Ihre Überlegung wurde bald von Erfolg gekrönt, denn Doktor Leschniok, im Allgemeinkrankenhaus der Stadt, einem freundlich gelb gestrichenen Gebäude, hörte sich ihr Anliegen an. Verständnisvoll schüttelte er den Kopf, als Marja von der Suche in Stettin berichtete und schickte ihnen einen Pfleger samt Rollbahre mit, um die Tote zur Erstellung des Totenscheins ins Haus holen zu lassen.

Von da an ist die Geschichte schnell zu Ende erzählt: Als die beiden jungen Frauen den etwas abgelegenen Parkplatz erreichten, Pfleger und Rollbahre unmittelbar auf den Fersen, stellten sie fest, dass der rote Nissan nicht mehr an seinem Platz stand. Etwas ungläubig drehten sie sich nach allen Seiten. Ja, dies war der Platz, an dem sie den Nissan mitsamt der Großmutter abgestellt hatten und ja, Auto und Oma waren spurlos verschwunden. Der Pfleger zeigte ihnen noch den Weg zur Polizeistation, bevor er mit der Bahre zurück zum Eingang des Krankenhauses rumpelte.

Die polnischen Beamten nahmen den Fall auf. Was sollten sie tun? Marja und Petra fuhren mit dem Zug über Swinemünde nach Hause und lernten so die nördliche Verbindung mit ihren schönen Seiten und ihren Schwächen kennen.

Marja besuchte seit dem Verschwinden ihrer Großmutter wieder und wieder die kleine Stadt Wolin. Ihr schien es so, als wäre sie ihrer Oma ein wenig näher und es sprach alles dafür, dass dem tatsächlich so war. Manchmal kam Petra mit, doch in den letzten Jahren fuhr Marja am liebsten allein. Am liebsten geht sie unter den majestätischen Baumriesen des Nationalparks Wolin spazieren, welcher sich nordwestlich der Stadt befindet. Die herrlichen Buchen werfen Herbst für Herbst ihr Laub zu einer duftenden vergänglichen Decke. Und Jahr um Jahr nähren sie sich von den Stoffen, die ihnen zu ihren Füßen dargebracht werden.

Weder der knallrote Nissan noch die Oma, die auf seiner Rückbank lag, wurden jemals gefunden.

Nach den Gewittern

Der Junge Peter mochte die Stunden nach den Gewittern. Er musste dann nur das heimische Grundstück verlassen, schon standen ihm die schönsten kleinen Bäche zur Verfügung, um wunderbare kleine Städte aus Steinen und Stöcken an den Ufern reißender Gewässer zu errichten. Die Straße ging etwas bergab, nicht ganz so stark wie die gegenläufige Zufahrt zur kleinen Wohnsiedlung an der Südstraße des Ortes bergauf führte. Denn die hatte fünfzehn Prozent Gefälle und das war schon so heftig, dass sie Fahrzeuge, die sich in Richtung des Fernverkehrs die Straße emporquälten, oft bis auf Schrittgeschwindigkeit abgebremst wurden, weil ihre mickrigen Motoren die Steigung gerade so schafften.
Die Sackgasse in der Wohnsiedlung kehrte dagegen mit sanftem Gefälle bis zu ihrem Ende an den großen Altbaublöcken in entgegengesetzter Richtung zurück und bildete ein langes Oval. Allerdings ging es von hier aus nur noch zu Fuß über eine Treppe bis an den Ausgangspunkt des steilen Anstieges der Zufahrtsstraße weiter. Als Entschädigung für den Umweg, den jeder motorisierte

Bewohner der Altbaublöcke in Kauf nehmen musste, hatten die Anwohner der großen Häuser mit den kleinen Wohnungen einen herrlichen Blick in die Richtung des Sonnenaufgangs.

Bis zur besten Baustelle seiner Spielzeugstädte genügten wenige Schritte auf der sanft abfallenden Straße. Hier, am Ende des Hühnerhofes des Nachbarn – der war Tierarzt und hatte fünf große Grundstücke für sein Geflügel umfriedet -, bahnten sich die Wassermengen aus den oft heftigen Platzregen ihren Weg bergab. Ein Teil des kleinen Baches verschwand im Gulli, den größeren Strom aber lenkte der Junge zuvor durch ein kleines Stauwerk in Richtung der brachliegenden Wiesen gegenüber der Stichstraße, an deren Ende seine nächsten Spielkameraden wohnten, ab.

Es gab also sehr wohl noch Stellen, an denen das Wasser nach den Gewittern ebenso flink plätscherte. Allein an diesem Tag, an dem der Junge erstmals rohe und unvermittelte Gewalt kennenlernte und akzeptieren musste, dass er nichts, aber auch gar nichts gegen diesen Gewaltausbruch tun konnte, wählte er die Stelle am Abzweig zum Wohnhaus seiner Freunde Micki und Mucki. Die Beiden waren Zwilllinge, zweieiig, Micki das Mädchen, Mucki der Junge, den die Mutter, eine Chirurgin mit gewaltigem Sterz ihrem Ingenieursmann geschenkt hatte. Die Chirurgin gab stets ziemlich

klare Anweisungen, die bestimmt berufsbedingt waren. Viel mit „Bitte" und „Danke" ist eben nicht, wenn das Skalpell gereicht werden musste oder Tupfer, Nadel und Schere gebraucht wurden.
Es dauerte an diesem Tag nicht lang und Mucki kam vom Garten der Eltern aus die Stichstraße entlang genau auf den Jungen Peter zu gelaufen. Mit Kennermiene und in die Hüften gestemmten Fäusten begutachtete Mucki das Stauwerk und die Steine, die die Häuser an Ufer vor dem Wasserfall in Richtung Wiese darstellten. Der kleine Baumeister Peter sah zu ihm auf und musste die Augen abschirmen, denn plötzlich brach die Sonne hinter den abgezogenen Gewitterwolken hervor.
„Willste mitspielen?"
Mucki schüttelte den Kopf. Sein Lieblingsspiel bestand darin, die am Berg langsam gewordenen Transportfahrzeuge zu entern.
„Kommst du mit Trecker fahren?"
Peter stand auf, wischte sich die Hände an der Hose trocken und warf noch einen Blick auf seine Stadt. Dann rannten sie die Straße bergauf, Hühnerhof und das Haus von Peters Eltern blieben rechts liegen. Als sie am Scheitel des Berges ankamen, verschnauften sie kurz und stützten die Hände auf die Knie, denn ihre Puste brauchten sie gleich.

Sie mussten nicht lange warten, denn schon bald quälte sich ein Traktor mit Anhänger den Berg empor. Ein kurzer Sprint genügte und sie ordneten sich hinter dem nun nach dem Ende des steilen Stückes ganz langsam wieder schneller werdenden Fahrzeug ein, sprangen in die Höhe, um die Ladebordwand zu erreichen und stützten sich mit den Füßen auf der Anhängerkupplung ab. Mit gestreckten Armen und tief durchhängenden Hintern blickten sie durch ihre Beine hindurch auf den Asphalt, der immer schneller unter dem Hänger hindurch und an ihnen vorbei rauschte. Nach zwei, dreihundert Metern, zu Beginn der Gartenkolonie sprangen sie wieder ab. Die Straße dampfte nun im Sonnenschein. Die beiden Jungen sahen dem Traktor nach und Peter kratzte sich den Kopf.
„Noch einen?"
Mucki machte einen kleinen Hoppser. Ja, klar machten sie noch eine Tour! Bloß war das Fahrzeug, das diesmal Anlauf nahm, um den Steilhang zu nehmen kein Trecker, sondern ein Laster, ein H3A um genau zu sein: Ein Monstrum mit gestreckter Motorhaube und einem Leistungsdefizit, welches ihm ebenfalls nicht gestattete, den Berg mit Karacho zu nehmen. Auch sein Auspuff begann bedenklich Rußschaden auszustoßen und am Wendepunkt zu sanfterem Gefälle gelang es den

beiden Jungen mit Leichtigkeit, sich an der Ladeborwand anzuhängen. Mucki krähte munter: „Schweinebammeln!" und ließ seinen Hintern wieder in die Tieflange gehen. Peter hing neben ihm, die Haare flatterten im Wind und er grinste seinen Kumpel an.

„Juhu!"

Wenn er gekonnt hätte, wäre er jetzt ebenfalls in die Luft gesprungen. Der Laster gewann nun an Fahrt. Peter starrte nach unten und beobachtete, wie das Asphaltband unter ihnen mit erstaunlicher Schnelligkeit vorüberzog. Angst packte ihn und er sprang nach noch weit vor der Gartenkolonie nach nur wenigen Metern wieder ab. Fast hätte es ihn auf die Straße geschmettert und nur einige beherzte Sprünge retten ihn vor einem Sturz. Mucki wackelte mit dem Hintern. Ja, bekam der denn nicht mit, dass die Karre zu schnell war? Peter brüllte: „Spring ab!"

Allein, es war zu spät! Mucki fuhr konsequent bis zum Beginn der Gartenkolonie. Sein Abstieg war ein Desaster. Peter sah, wie der kleine Kerl der Länge nach aufschlug und der ganze Körper, seine Füße in einem Bogen in die Höhe geschleudert wurden. Er rannte los, doch Mucki stand schon wieder auf. Sein Hemd in Streifen gerissen, Wange, Nase und Stirn, alles eine einzige Schürfwunde. Mucki schluchzte unglücklich, der Laster dröhnte um die nächste Kurve.

Die beiden Kameraden gingen langsam die zuvor so schnell bewältigte Strecke zurück. Mucki begann immer stärker zu humpeln. Peter sieht in mitleidig von der Seite an. Auf der Nase Muckis gerinnt langsam das Blut. Zischen den roten Striemen bilden sich Schweißperlen.

„Tut es sehr weh?"

Mucki nickt und eine dicke Träne rollt über die zerkratzte Wange. Plötzlich bleibt er stehen und packt Peter am Arm.

„Du, Peter, meiner Mutter…!" Mucki wischt sich über das verschmierte Gesicht und zieht vor Schmerzen die Luft ein. „Meiner Mutter, … der sagen wir das nicht!"

Der Wasserlauf am Stau ist zu einem winzigen Rinnsal geworden. Unschlüssig stehen die beiden Jungen vor Peters Stadt.

„Mucki, deine Mutter! Ist es nicht besser du gehst jetzt nach Hause?"

Trotzig schüttelt Mucki den Kopf. „Wir spielen erst noch ein bisschen!" Dann hockt der Junge sich hin und lässt ein Stöckchen auf dem kleinen Stausee schwimmen.

„Ich bin der Käpt'n, und du holst die Ladung mit dem Laster ab! Hier ist der Hafen."

Resolut schiebt er etwas Straßendreck zur Seite, so dass eine kleine Bucht entsteht. Peter kniet sich neben ihn und schon bald sind sie in der Welt am Regenbach versunken, löschen die Ladung und beliefern die großen Handelshäuser in der Stadt. Schon ist der Unfall vergessen. Peter schiebt gerade einen mächtigen Brocken durch den Schlamm, als Mucki plötzlich aufspringt und wie der Blitz auf der Stichstraße in die Richtung seines Heimes rennt. Peter sieht ihm nach: Etwa in der Mitte des Weges steht Muckis Mutter, die Chirurgin. Sie steht nur da, sagt kein Wort und Mucki flitzt an ihr seitlich vorbei, um zum Eingang des Grundstückes zu gelangen. Langsam dreht sich die Chirurgin und da sieht Peter, dass sie eine Peitsche in der Hand hat. Mucki ist schon an ihr vorbei, er hat es fast geschafft, als die Frau ausholt und ihrem Sohn den langen Lederriemen um die nackten Beine schnalzt. Mucki jault auf, eine geschlagene Kreatur, dann verschwindet er hinter dem Gartentor. Peter hebt den Arm und tonlos formen seine Lippen den Namen seines Freundes:
„Mucki...!"
Nie wieder baute Peter am Abzweig der Stichstraße einen Stausee. Der Platz blieb ihm verleidet und Gewalt ebenso. Warum nur schlug die große starke Frau ihren spillerigen Sohn? Die Frage blieb ihm sein Leben lang offen und Gewalt, selbst

ihre potentielle Möglichkeit, jagte ihm ein schreckliches Grauen ein. Peter verweigerte den Dienst an der Waffe, nie sah man ihn bei Demos und allein nur die Ansammlung größerer Menschenmengen führte bei ihm zu tief empfundener Angst, der er nur durch Flucht begegnen konnte.

Nach vielen, vielen Jahren kehrte Peter in die kleine Stadt zurück. Er war nur zu Besuch und die Stätten seiner Kindheit kamen ihm fremd vor. Trotzdem, den Abzweig fand er wieder: eine kurze Straße mit glattem schwarzen Asphalt. Die Gartentore blieben fest verschlossen und in Gedanken sah er die kleine schmächtige Gestalt seines Freundes rennen. Er sah das Ausweichmanöver und er hörte das Klatschen der Peitsche, er hörte noch einmal den Schrei der Not…

Später erzählte ihm ein Freund, dass Mucki ein richtiger Schwerenöter geworden sei. Wegen seines Frauenverschleißes nannten ihn seine Freunde Rittmeister. Irgendwie kam Peter das ganze seltsam vor - das war doch nicht sein Freund. Aber andererseits, passen Peitschenhieb und der erworbene Titel nicht zusammen?

Projektarbeit

„Wissen Sie, wenn Sie sich nicht so weit unter Kontrolle haben, dass wir das Gespräch auf einer sachlichen Ebene fortsetzen können, dann ist das Ganze hier eigentlich ziemlich sinnlos!"
Ich kann nichts machen, mir laufen die Tränen. Mein Chef jedoch, Professor Durack, sieht aus dem Fenster. Draußen scheint die Sonne, Mütter schieben mit Kinderwagen durch den Park. Alles bestens, oder? Ich weiß, nach Meinung meines Chefs gehöre ich dort hinaus und nicht hier in das Institut, wo meine Anwesenheit die Prozesse stört. Prozesse! Wie ich das Wort hasse! Ein Schluckauf beginnt mich zu quälen. Langsam reißt er den Blick von der Idylle dort draußen los und schaut mich streng an.
„Hören Sie Astrid, nichts gegen Ihre fachliche Qualifikation! Ihre Promotion, also wirklich: superb! Und in so kurzer Zeit verteidigt! Aber danach, was kam danach? Eine Krankschreibung nach der anderen! Sie wissen doch, dass wir unsere Testreihen durchziehen müssen. Sonst kommen unsere Projekte ins Wackeln. Dann steht unsere Arbeit, unsere Arbeitsplätze, alles was wir ge-

schafft haben, auf dem Prüfstand. Wir sind quasi zum Erfolg verpflichtet! Bei Gefahr des Untergangs!"
Er hebt den Zeigefinger, dann beugt er sein weises nobles Haupt und prustet seltsam durch die Nase.
„Wissen Sie, wie viele Fehltage sich bei Ihnen in diesem Jahr angehäuft haben?"
Ich blicke ihm in die Augen. Waren es zwanzig? Keine Ahnung – ich kann mir schließlich nicht raussuchen, wann meine Kinder krank sind. Also sage ich nichts und wische mir die Augen trocken. Der Schluckauf ist gottseidank wieder weg.
Nehmen wir mal meinen kleinen Felix: mit seinen laufenden Anfällen von Atemnot kann ich ihn noch nicht mal meiner Mutter zur Betreuung überlassen. Die ist selbst schon nahe der Pflege und dann soll sie mit den ganzen Inhalatoren und Verdampfern hantieren? Außerdem ist es bei den Akutanfällen nicht einfach mit ihm. So lieb er sonst ist – dann kann er ganz schön die Sau rauslassen! Und wer will es ihm verdenken. Kann sich ja jeder selbst vorstellen, wie das ist, wenn einem langsam aber sicher die Luftzufuhr abgedreht wird. Wenigstens sind die beiden Großen so weit stabil. Bloß ab und zu die üblichen Wehwehchen. Wenn sie in die Schule gehen, wird es bestimmt besser. Ob ich das dem Professor unter die Nase reibe?

Und schließlich, wäre Arne noch da, hätte ich überhaupt keine Probleme. Aber der musste sich ja für Ärzte ohne Grenzen als Engel eintragen lassen. Schwupps war er weg. Er gibt mir regelmäßige verbale Hilfen, via Skype! Wenn wenigstens das Geld stimmen würde, aber nein, mein Erzengel braucht ab und zu mal dieses und jenes!
„So viele Fehltage und
wir haben erst Mai!"
Ich sehe dem Professor in die Augen. Sie glänzen ein wenig und in den Augenwinkeln hängen kleine weiße Schleimklümpchen.
„Könnte ich bitte ein Glas Wasser haben?"
Er schiebt den Rollstuhl zurück, greift sich ein Glas Wasser vom Konferenztisch und stellt es vor mir ab. Dann öffnet er eine Wasserflasche und gießt mir perlendes Wasser ins Glas. Was soll ich tun, was soll ich sagen? Ich habe keine Lösung parat und wahrscheinlich weiß er das. Inzwischen haben sich die Mütter draußen auf der Bank gefunden. Der Professor stellt sich ans Fenster und sieht zu, wie die Übermütter glucken.
„Könnten Sie sich vorstellen ganz für Ihre Kinder da zu sein?"
Blödmann, der, jetzt ist die Katze also aus dem Sack.
„Was wollen Sie: Ich bin ganz für meine Kinder da! Ich kann bloß nicht gleichzeitig ganz für mei-

ne Kinder und ganz für Sie, oder besser das Institut, da sein!"
Er grinst mich an, fast schon ein wenig schmierig und er hebt die Arme zu einer segnenden Geste.
„Ja, liebe Frau Doktor, genau das meine ich doch: Nehmen Sie sich ein, zwei Jahre frei – das kriegen wir schon hin. Ihr Arbeitsvertrag ist befristet und wir hängen die Ausfallzeit einfach hinten an! Als Ersatz für Sie kann ich Frau Günter ebenfalls befristet einstellen und alle sind glücklich!"
Das klingt zwar sehr schön, hat aber mindestens zwei gewaltige Haken: Erstes kann ich meine Familie allein mit dem Kindergeld nicht durchbringen und zweitens rückt die Möglichkeit eines unbefristeten Vertrages in unerreichbare Ferne. Frau Günter ist zwar nicht so qualifiziert wie ich, aber die Projektarbeit stemmt sie locker und was dann? Was, wenn sie dermaßen gut einschlägt, dass sie die unbefristete Stelle bekommt? Dann ist für mich die akademische Laufbahn beendet, bevor ich sie so richtig begonnen habe! Danke Herr Professor, sie sind wahrhaftig ein Durack, wenn Sie annehmen, dass ich auf ein solches Angebot eingehe. Meine Gedanken jagen sich.
„Ich hätte noch eine andere Idee. Was halten Sie davon, wenn ich die Messreihen von zu Hause aus auswerte? Ich setze die Testreihen Anfang der Woche hier im Institut an – der Rest geht auch von

Ferne! Wir könnten die Ergebnisse einmal in der Woche abstimmen und die nächsten Schritte festlegen."

Gespannt schaue ich den alten Mann an, der nun wieder aus dem Fenster schaut.

„Heimarbeit, Homeoffice! Ich weiß nicht. Wenn das nun jeder machen wollte? Dann wäre unsere Alma Mater bald leergefegt. Dann wären wir plötzlich eine Fernuni, wie Hagen, oder was?"

Wieder schnauft er.

Ich werde eifrig:

„Nein nein, das Modell passt nur bei wenigen. Schauen Sie sich die einzelnen Mitarbeiter an. Die meisten arbeiten mit den Studenten an den Präparaten. Aber bei mir, bei mir würde das gehen!"

Das ist die Lösung! Wenn meine Kinder krank sind, kann ich mich um sie kümmern, wenn es nötig ist. So einfach! Sind wir nur zu dumm gewesen, auf so eine einfache Lösung zu kommen?

Professor Durack reibt sich das Kinn. „Na gut, versuchen wir es – stellen Sie einen Antrag auf Einrichtung eines Heimarbeitsplatzes. Ich nehme mal an, da werden noch einige ein Wörtchen mitreden wollen."

Nach einigen Wochen bekomme ich ein Anschreiben vom Personalrat.

„...in Anbetracht Ihrer besonderen Situation stimmen wir der Einrichtung eines Heimarbeitsplatzes

zu. Wir wollen aber gleichzeitig darauf hinweisen, dass in Art und Umfang der Einführung von Telearbeitsplätzen in unserem Gremium kein Konsens erreicht werden konnte. Da wir aber nicht verkennen, dass in Ihrer besonderen Lebenssituation die Vorteile eines solchen Arbeitsmodells überwiegen, möchten wir Ihnen bei der Bewältigung Ihrer Projektarbeit viel Erfolg wünschen."
Was für ein Bürokratendeutsch, aber trotzdem muss ich wieder weinen. Aber diesmal vor Glück!

Rote Pickel

Stück für Stück erobern seltsame Rötungen die Rückseite meiner Ohren. Ich kann sie nicht sehen, aber automatisch ertasten meine Fingerspitzen den Fortschritt der schorfigen Stellen. Meine Haut hebt sich an und ich kann kleine Bröckchen der grindigen Stellen abrubbeln.
Unsere Dorfärztin hatte meiner Enkelin Rena eine alkoholische Lösung zur Einreibung mitgegeben. Renas Mundpartie weist ähnliche Pickel auf, wie ich sie hinter den Ohren habe. Wir beide haben die Kindergartenseuche, die Hand-Mund-Fuß-Krankheit. Im Volksmund heißt sie allerdings Maul- und Klauenseuche, aber die Ärzte weisen darauf hin, dass das verursachende Virus nichts mit dem der Maus- und Klauenseuche unseres Nutzviehs zu tun hat und nennen sie deshalb die falsche Maul- und Klauenseuche.
Richtig festgestellt hat die Ärztin meine falsche Maul- und Klauenseuche jedoch nicht. Das berühmte deutsche gelbe Krankschreibungsformular wurde bereits am Tresen unserer Arztpraxis von Schwester Christine ausgefertigt. Ich durfte solange zur Seite treten, bis Frau Doktor das Formular

unterschrieben hatte. So blieb es mir erspart, im Warteraum Platz zu nehmen und das ist mir bisher noch nie gelungen.

Immerhin, ganz unbekannt durfte Frau Doktor mein Krankheitsfall nicht sein, denn meine Frau hatte ihr am Vortag bei Renas Krankenbesuch ein Foto meiner rot angelaufenen Kopfhaut gezeigt.

Vor mir standen also zunächst vier oder fünf Patienten in spe brav in der Schlange am Tresen. Und damit war der Vorraum vor der Anmeldung vollständig gefüllt! Ich drückte die Tür auf und quetschte mich hinter den letzten Wartenden. Dann ließ ich die Tür behutsam wieder ins Schloss gleiten. Ich konnte sehen, dass der Warteraum im hinteren Gebäudeteil wirklich sehr, sehr gut besetzt war. Draußen fielen die Blätter und Windböen trieben das Laub im Kreis.

An der Anmeldung nahmen eine dralle Auszubildende und die routinierte Schwester Christine die Wehwechen der Besucher der Praxis auf. Schritt vorwärts und der Nächste war dran. Bei den paar Leuten in der Warteschlange ging es schnell vorwärts und nach wenigen Schritten stand ich am Tresen den Vorzimmerdamen gegenüber. Flink pumpte ich mir etwas Desinfektionsspray aus der dienstbereit hängenden Pulle in die Handfläche, verteilte die Brühe, zückte mein Portemonnaie und fummelte meine Versicherungskarte hervor. Halblaut murmelte ich etwas von Kindergartenseuche und das meine Enkelin bereits am Vortag hier gewesen sei und ich das gleiche am und im Hals hätte.

Die Auszubildende schaute mich kurz an. „Ihr Name?" Ich sagte ihn. Kurzes Tippen, schräg gehaltener Kopf:

„Sie sind nicht in der Kartei."

Schwester Christine hob kurz den Kopf. „Schau nochmal nach... klar ist Herr Appel in der Kartei!"

Wieder kurzes Tippen: „Nee, der ist da nicht drin!"

Schwester Christine zog nur ganz leicht die Augenbraue hoch, dann wedelte sie mit der Hand und meine Versicherungskarte wechselte die Steckplätze. Noch während Schwester Christine den Ausweis in ihr Terminal einschob, holte das kernige Menschenkind das Desinfektionsspray unter ihrem Tisch hervor. Als ich meine Krankenversicherungskarte wieder in mein Portemonnaie einsortierte, war die Azubiseite des Kundenbereiches bereits großzügig desinfiziert. Schwester Christine handelte mit mir noch kurz die Dauer meiner Krankschreibung auf eine knappe Woche aus – ich hatte gehört, dass die akute Krankheitsphase drei bis zehn Tage dauern könnte -, dann verschwand sie und kam kurz darauf mit dem unterschriebenen

Schein wieder aus Frau Doktors Zimmer. So schnell bin ich jedenfalls noch nie aus d e r Praxis raus gewesen.

Juhu, dachte ich, eine Woche zusätzlich frei! Seitdem sitze ich und pule an meinen Pickeln. Ich habe mir auch angewöhnt, v o r dem Pinkeln und Kackern die Hände zu waschen, denn ich habe beim Netdoktor gelesen, dass sich die Pickel auch gern mal im Genitalbereich ausbreiten. Eh, da kann ich wirklich gerne drauf verzichten. Dass nach vier bis fünf Wochen die Fingernägel abfallen können, das kann ich ja zur Not noch akzeptieren, aber das Gejucke von hinter den Ohren künftig am Pimmel? Ich behalte die Sache jedenfalls im Auge.

Gerade werden bei uns im Wald alle Wildschweine abgeknallt, an die die Jäger herankommen können. Ihre Begründung: Die Tiere könnten die afrikanische Maul- und Klauenseuche einschleppen. Rena und ich haben unsere Dachkammer als Quarantänestation bezogen. Renas Vater, also mein Sohn, hat ziemlich empfindlich reagiert, als er von unserer Maul- und Klauenseuche erfuhr. Ich fühlte mich potentiell schuldig daran, dass er einen Geschäftstermin in der kommenden Woche versäumen könnte, falls einer von uns Maulkranken ihn angesteckt hat! Wenn das der Fall sein sollte, dann ist mein eventuell rotbepickelter Pimmel noch mein geringstes Problem, das sage ich euch.

Vor dem Haus bellt unser Hund. Ich schaue aus unserer Bodenluke. Ein Pickup rumpelt vorbei. Es ist der Transporter des Jägers. Auf der Ladefläche liegen unförmige dunkelbraune Haufen. Mir rieselt eine Gänsehaut über den Rücken: Wildschweine!

Rena legt ihr Smartphone zur Seite. „Warum bellt denn der Hund so, Opa?"

Leise schließe ich das Fenster.

„Es ist nur ein Auto. Nur ein Auto!"

Streife

Mitten im heißesten Sommer seit langem stahlen Unbekannte das wertvollste elektronische Gerät in unserem Dorf: Einen hochauflösenden Fernseher mit WLAN und allem Pipapo. Sogar die Aufnahme paralleler Sendungen zu den gerade gesehenen stellte für das Gerät kein Problem dar. Die Bildwiedergabe in Drei D sowieso nicht. Der Betrachter musste sich zuvor allerdings eine Polarisationsbrille aufsetzen, denn sonst wirkte das Fernsehbild – oder besser wirkten die beiden Bildsequenzen – seltsam verschwommen. Mit Brille allerdings geschah die Verwandlung in eine Welt mit Tiefe, deren Grenzen am Rande des Monitors endeten. Und der maß gewaltige 70 Zoll, was einer metrischen Diagonale von fast einem Meter und achtzig Zentimetern entsprach. So groß wäre der Hausbesitzer, unser aller gemeinsamer Nachbar, Herr Matthias Wolf-Runge, sicher gern gewesen. Wir ärgerten ihn gern, in dem wir ihn mit Wolf, Junge, ansprachen, und, mal ehrlich, er reagierte bei diesem kleinen Scherz immer wieder aufs Neue unangemessen zimperlich. Selbst als ich ihm bei sich bietender Gelegenheit ganz freund-

lich den Brecht-Spruch „Wie bös man's mit dir meint, darfst eines nicht vergessen: Wenn der Rettich nicht weint, wird er auch nicht gefressen!" unter die Nase rieb, ich hatte freundschaftlich einen Arm um seine schmächtigen Schultern gelegt, stieß er mich einfach nur zurück und zischte mich sogar noch an. „Lass doch den Scheiß!"
Dabei war das doch der Abend nach dem Diebstahl, die Party, wenn ich mich recht erinnere, bei der der lange Petersen vorschlug, dass wir doch besser in der Nacht Streife gehen sollten, um unser geliebtes Dorf zu verteidigen. Es kam darauf an, dass wir zusammenhalten. Als ob das der Wolf, Junge, nicht kapiert hätte, hähä!
Dorf ist eigentlich ein Euphemismus, denn niemand in unserer Wohnsiedlung arbeitet auf dem Lande. Immerhin haben wir gemeinsam die teilweise Erschließung für die späteren Neubauten vorgenommen. Das gemeinsame Schaufeln im Abwassergraben schweißt zusammen, das sage ich Ihnen!
Aber unser Wolf-Runge war damals, im Abwassergraben, noch nicht dabei. Wie er bei den meisten spannenden Ereignissen fehlte. So ging natürlich auch der Diebstahl seiner Hightechglotze in seiner Abwesenheit über die Dorfbühne. Sowohl der lange Petersen und dessen ganze Familie – er hatte sogar noch Besuch, die ganze Dorfstraße

stand voller Autos-, als auch meine Frau Martha und ich waren an dem Tag, an dem die Diebe den Kasten aus dem Wolfshaus holten, in unseren Gärten zu Gange. Und wir alle haben nichts gemerkt! Kein fremdes Auto, welches uns aufgefallen wäre, keine zwielichtigen Gestalten, die suchend um die Häuser geschnürt wären, nichts! Klar, das eine oder andere Bier hat unsere Aufmerksamkeit nicht eben gefördert. Zumindest meine nicht. Martha trinkt keinen Alkohol. Dabei, wer trinkt schon Alkohol? Mir geht bei solchen Bemerkungen immer der Hut hoch. Bildlich gesehen, versteht sich, denn einen Hut habe ich noch nie getragen. Und beim langen Petersen dürften ebenfalls einige Literchen diverser geistiger Getränke geflossen sein. Wozu sonst der gewaltige Gästeauftrieb?

Am Morgen des Folgetages kamen die Wolf-Runges mit ihren beiden Gören aus dem Urlaub zurück. Sie waren kaum aus dem Auto raus, als die Gattin von Herrn Wolf-Runge, Bettina, wie ein geölter Blitz zu uns gerannt kam. Ziemlich aufgebracht brüllte sie Martha und mich an. „Warum habt ihr denn nicht angerufen?"

Wir müssen damals ziemlich dumm aus der Wäsche geguckt haben. Sie anrufen? Ja, warum denn bloß? Bis sie dann mit dem geklauten Gerät herausrückte und dass ihre ganze Wohnung durchwühlt worden sei. Sie führte uns hinter ihr Haus.

Donnerwetter, da standen alle Fenster und Türen offen. Tja, bloß von unserer Seite aus war das nicht zu sehen und der lange Petersen, der kann das schon gar nicht sehen. Der rauscht ja immer bloß mit dem Auto vorbei. Am gleichen Abend hockten wir also zusammen, Kriegsrat, der lange Petersen, Bettina, Matthias und ich. Martha kam später dazu, aber da hatten wir den Einsatzplan schon fertig. Waffen zur Verteidigung waren ein Problem, denn wir hatten keine. Da haben es die Amis mit ihrem Präsidenten besser getroffen. Der hat vollstes Verständnis für die Notwendigkeit seiner Landsleute, ihr Hab und Gut gegenüber den räuberischen Horden aus dem Süden zu verteidigen. Notfalls mit der Waffe in der Hand! Der lange Petersen verschwand kurz und kam mit einem Montiereisen wieder. Ich wog es in der Hand: Ein kaltes, eckiges und schweres Stück Eisen. Dieser Stahlhaken wurde unser Staffelstab, der jeweils zur nächsten Woche weitergegeben werden sollte, quasi das Insignium der Macht des jeweiligen Nachtwächters, des Hüters der Ordnung! Wir legten also fest, dass in einer Nacht der Woche jeder von uns Männern mit Streife dran war. Wann, konnte sich der Diensthabende aussuchen. Den Beginn machte Matthias. Die ersten Wochen liefen gut, bloß mir ging der fehlende Schlaf wirklich ab. Ich war an den Folgetagen nach den nächtlichen Streifzügen nicht zu gebrauchen. Allerdings lernte ich viel über die nächtlichen Vorgänge in und um unser Dorf herum: wer, wann und wo ins Bett ging, war noch die harmloseste Erkenntnis. Interessanter war dann schon, wer mit wem ins Bett ging. Aber darüber sage ich an der Stelle lieber nichts. Da müsstet ihr schon zu unseren allmonatlichen Lagebesprechungen kommen, und zwar erst möglichst spät. Denn wenn der Bierkasten fast leer ist, sprechen sich Tatsachen viel leichter aus! Besonders die unangenehmen! Die Diebe allerdings, die sah keiner von uns Streifengängern wieder. Es blieb wochenlang alles ruhig. Der Sommer überdurchschnittlich heiße und trockene Sommer ging vorüber. Unser Dorf lag unbeachtet vom Diebsgesindel an der Peripherie der Welt und die Regierung beschloss, dass Einbrüche in Häuser mit Haftstrafen ab einem Jahr aufwärts geahndet werden können. Dazu muss man die Diebe allerdings zunächst fangen! Wir gaben auf jeden Fall unser Bestes. Dann passierte, was besser nicht passiert wäre: An einem wirklich sehr, sehr dunklen Herbstabend hätte der lange Petersen beinahe einen Dorfbewohner, den Karlfried nämlich, totgeschlagen.

Dieser eine Abend also war wirklich finster. Neumond im November. Den Tag über regnete es und als es dämmerte, änderte sich an den Tageslicht-

verhältnissen nicht viel. Die dicke Wolkendecke machte das Dämmerlicht bloß noch ein wenig dunkler, als der Tag sowieso schon gewesen war. Die Straßenbeleuchtung zündete und der Regen ließ ein wenig nach. Ein kräftiger Wind blies durch schwankende Äste. Das Licht der Dampflampen huschte hin und her, hinter dem Haus der Wolf-Runges klappte eine Mülltonne auf und zu. Ich bekam von dem ganzen Desaster nicht allzu viel mit, denn ich hatte in dieser Woche dienstfrei und zur Feier des Tages schon am Nachmittag zwei Flaschen Bier geleert. Ich war gerade dabei, die nächsten Flaschen aus dem Vorratsraum zu holen, als ich sah, dass Bettina in Richtung des Hauses der Petersens rannte. Ich weiß noch, dass ich dachte, die Frau übertreibt wieder mal gewaltig, so ohne alles im Regen rum zu rennen, als die Tür des Vorratsraumes hinter mir zu krachte und ich die nächste Flasche ansetzte.
Nur einige Zeit später klingelte es bei uns Sturm. Martha machte auf, ich drängelte mich hinter sie, um zu sehen, worum es ging. Bettina stützte einen weiteren unserer Nachbarn, den Karlfried eben, einen von denen, der seit der ersten Stunde mit mir im erwähnten Abwassergraben gestanden hatte. Ich hätte ihn fast nicht wiedererkannt, denn dem Mann lief das mit Regen vermischte Blut nur so

über das Gesicht. Meine Reaktion war wohl nicht ganz der Situation angemessen, denn ich fragte: „Karlfried, was hast du denn gemacht? Geht es dir gut?"

Martha drängte mich zur Seite, griff sich den Autoschlüssel, schnappte sich ihren Parka und verschwand mit Bettina und Karlfried im Regen. Mir blieb nichts weiter übrig, als mich selbst zu informieren. Also griff auch ich mir eine Jacke und trollte mich zu Wolf-Runges Garage, wo meine beiden Mitstreiter schon standen. Etwas blass sahen sie aus, zugegeben, aber ein wenig Blut ist noch lange kein Grund Trübsal zu blasen, oder? Schließlich sind wir die Guten! Der lange Petersen hatte das Montiereisen bei sich. An der hellgrünen Farbe klebten einige dunkelrote Flecke und die Haare darin sahen der Farbe nach den Haaren Karlfrieds ziemlich ähnlich.

„Hast du ihm damit eine gegeben?" Ich zeigte auf das Montiereisen. Der lange Petersen legte es wortlos auf die Werkbank. Ich glaube, er kapierte erst jetzt, was eigentlich passiert war. Tonlos sagte er: „Das wollte ich nicht! Bettina..., sie sagte mir, da schleicht einer ums Haus vom Karlfried...! Sie war so aufgeregt. Verdammt, ich dachte, jetzt sind sie da..."

Ich habe den Jungs dann erstmal ein Bier geholt, denn das Leben geht schließlich weiter. Das wäre

schließlich alles nicht passiert, wenn, ja wenn… .
Die Kronenkorken zischten und als die Flaschen aneinander klackerten sprach ich es aus:
„Wir hätten den Karlfried mal gleich mit auf Streife nehmen sollen!"

Thailand

Ich hasse Schutzmasken! Und ich weiß wovon ich rede, denn ich habe täglich eine auf. Klar, Schutz muss sein, denn der Eisstrahl, den ich mit der Hochdruckpistole gegen die Wand spritze, wird auch mit Hochdruck zurück gepfeffert. In diesem Eisstaub sind dann Algen drin, Farbsplitter und was weiß ich noch alles. Kommt eben ganz drauf an, wie alt der Belag ist, den ich abtragen muss. Also reibe ich die Gucklöcher meiner Schutzmaske mit dem Ärmel sauber, ziehe die Kordel des Wegwerfanzuges unter dem Kinn schön fest nach unten, damit mir die Dreckbrühe nicht in die Klamotten läuft und gebe Ronny ein Zeichen, damit er den Kompressor anschaltet. Ronny ist mein Spanner: Er bedient den Kompressor, zieht die Schläuche rum, füllt das Eis nach – so etwas. Ronny fährt auch den Transporter. Dadurch kann ich von Zeit zu Zeit ein Bier kippen. Muss ja die Kehle irgendwie wieder sauber kriegen. Bis jetzt standen einige Fenster auf Kipp, aber spätestens wenn der Kompressor loslegt, schmeißen die Bürofuzzis ihre Fenster zu. Ist auch besser so! Für sie! Ich meine, mir ist das egal. Ich habe ja die olle Gasmaske auf. Und wenn dann ein Fenster offensteht, dann ist das eben Pech. Wobei die Leute im Büro ja den Dreck nicht wegmachen müssen, der dann reinzieht. Das macht dann abends die Putzkolonne.

Einmal konnte ich direkt zusehen, wie eine der Damen zum Fenster gesprintet kam, um den Dreck auszusperren. Das war dann leider etwas zu spät. Als mir das Fenster vor der Nase zu krachte, habe ich ihr sogar noch gewinkt. Sah eigentlich ganz putzig aus, das Büro. So ein bisschen wie eine Winterlandschaft. Die Frau hat sich in der neugestalteten Umgebung offenbar nicht so richtig wohlgefühlt. Sie ist trotz des nun geschlossenen Fensters nicht lange im Büro geblieben. Erst rannte sie ein wenig hin und her, plötzlich schnappte sie sich ein, zwei Ordner, klopfte sie mit einem finsteren Augenaufschlag in meine Richtung ab und verschwand, wobei die Tür hinter ihr ziemlich laut krachte. Ich habe nur gegrinst, denn wer hatte denn das Fenster offengelassen, sie oder ich? Dabei habe ich ihr sogar noch einmal gewinkt. Hat sie bloß nicht gesehen, die Gute!

Naja, Frauen! Während der Kompressor dröhnt, gehen meine Gedanken auf Reisen. Die Sicht wird immer schlechter, denn meine Schutzgläser verkleistern regelmäßig. Da hilft drüber wischen mit dem Ärmel nur wenig. Statt des zunehmenden

Nebels habe ich dann seltsame Schlieren im Sichtfeld. So eine Mischung von Weiß und Grün diesmal, denn die Bude, die ich abstrahle, ist weiß verputzt. Oder war es mal, bis die Algen die Oberhand gewonnen haben. Also die Frauen: Meine hat mich verlassen. Obwohl ich nicht schlecht verdiene. Und geizig bin ich ebenfalls nicht, wirklich nicht! Oft genug habe ich ihr einige Hunderter zugesteckt! War mir ziemlich egal, was sie damit macht. Sie hat dann meistens Klamotten für sich und unsere Tochter gekauft. Oder den neuen Kinderwagen – da musste ja aller paar Monate ein neuer her! Das kostet! Ist ja nicht mehr so, dass du für ein- oder zweihundert Mark einen neuen Kinderwagen kriegst. Da kannst Du leicht fünfhundert Euro dafür hinlegen. Oder die Heizungskosten. In der alten Bude, die ich aufgemöbelt hatte, flog ganz schön Geld zum Fenster raus. Aber Madam musste trotzdem jeden zweiten Tag schön heiß duschen. Das mache ich schön auf Arbeit – sozusagen von Berufs wegen. Das zusätzliche Geld also, alles nach Feierabend und nebenbei für sie herangeschafft. Und da kam der Stress dann her. Vom Bier ebenfalls, zugegeben, denn wir haben wir nach Feierabend ordentlich getankt. Ich musste ja den Dreck aus der Kehle kriegen, denn ganz dicht ist meine Schutzmaske schließlich doch nicht. Inzwischen wohne ich wieder in der Platte –

und sie übrigens auch. Ich hätte mich zu wenig gekümmert. Kunststück, musste ja Geld ranschaffen.

Ronny schaltet den Kompressor aus. Ich wische mir die Schmiere von den Scheiben. Schon Feierabend? Er winkt von unten. „Los Willi! Komm runter!"

Das ist das Zweite, was ich hasse: Im Schutzanzug die Leitern runter! Ich knalle die Druckpistole auf die Planken. Im Büro drehen sich alle Köpfe zu mir. Ich winke freundlich. Zwei winken sogar zurück. Dann bücke ich mich und hebe die erste Klappe an. Wie ein Blinder taste ich nach den Haltegriffen neben dem Abgang und versuche, mit dem Fuß den ersten Leitertritt zu erwischen. Da hänge ich dann regelmäßig zwischen Himmel und Erde, wie ein dummer aufgeblasener Ballon, und weiß nicht, ob ich als nächstes ungewollt ein paar Stufen auf einmal schaffe. Dann spüre ich den ersten Tritt. Von da an geht es dann bis zur nächsten tieferen Etage der Rüstung etwas flotter. Dann wieder dasselbe: Klappe auf, Drehung, Tasten, bis ich schließlich unten bin. Ich könnte glatt den Astronauten bei ihren Raumspaziergängen Anleitung geben. Ronny sieht mir entgegen, die Hände in den Hüften aufgestützt.

Ich schiebe mir die Maske auf die Stirn. „Naaa? Was ist denn los?"

„Thomas Cook ist pleite."
Das ist nun wirklich eine Scheißnachricht. Wir wollten nach Thailand fliegen, hatten schon vor Monaten die Anzahlung hingeblättert. Seitdem malen wir uns aus, was wir dort so alles anstellen wollen. Ronny hat gedroht, dass er, wenn er ein Mädchen mit Eiern erwischt, so austicken will, dass sich das bei den Thais schon rumsprechen wird. „Das machen die nicht mit mir!" - und auch bei der Ankündigung hatte er die Hände in den Hüften aufgestützt. Das macht er gern, wenn er mal wieder etwas besser weiß als ich und manchmal geht er mir damit ganz schön auf die Nerven.
Ich lasse die Arme hängen. „Und nun?"
Ronny zieht die Augenbrauen zusammen. „Nun kannst du nach Berlin in den Puff fahren. Da gibt es auch Thais."
Ich kann es nicht glauben. „Kann nicht eine andere Firma unsere Reise übernehmen?"
Ronny sagt in einem ziemlich höhnischen Ton: „Ja, na klar, wenn du wieder einen Tausender anzahlst!"
Ich gehe zum Radio und drehe den Ton lauter. Über 300.000 Reisende sitzen in den Urlaubsregionen der Welt fest und mehr als ein Drittel davon kommt aus Old Germany! Ronny rechnet mir vor: „Stell dir vor, jeder hat so um die 1000 Euro bezahlt. Das sind dann 100 Millionen Euro allein bei

uns in Deutschland. Und weißt du was mit der Kohle ist? Die ist weg! Ha, falsch! Die ist nicht weg, die hat jetzt ein anderer!" Dann wird er so laut, dass die Fenster wieder auf Kipp gehen: „Scheiße, die Schweine haben mir meinen Urlaub geklaut!" Als er mitbekommt, dass ihn zig Augenpaare anstarren, droht er mit der Faust.
„Und ihr? Ihr seid nicht besser! So ganz und gar hinter Glas, was?"
Naja, Ronny hat manchmal so seine fünf Minuten. Es ist dann besser, man lässt ihn in Ruhe. Aber er ist ein guter Kerl. Was mich immer ein wenig wundert ist, dass sich für ihn noch keine Frau gefunden hat. Dabei trinkt er nicht, auch bei unseren Schwarztouren war er nur ein Jahr lang dabei. Von dem Geld hat er sich dann eine gebrauchte Honda CB 4 gekauft. Hat eben jeder so seine Schwachstellen. Trotzdem soll sich ja bekanntlich für jeden Topf ein Deckel finden. Ich vermute, dass er gar nicht so sauer gewesen wäre, wenn sein Mädel in Thailand Eier gehabt hätte. Tja, aber das rückt nun alles sehr, sehr weit in den Bereich der Spekulation, denn nun brauchen wir zunächst mal wieder eintausend frei verfügbare Euros, für jeden, und dafür müssen wir noch einige Quadratmeter mit Hochdruck behandeln.
Beim erneuten Aufstieg auf die Rüstung finde ich die Tritte besser, denn ich habe die Sicht frei. Die

Schutzmaske ist mir auf die Brust gerutscht. Dann schmeißt Ronny den Kompressor an. Wie von Geisterhand klappen die Fenster eines nach dem anderen wieder zu.

Gina ist weg

Verstehen Sie mich bitte nicht falsch! Ich habe nichts gegen Nachbarn und erst recht nichts gegen Nachbarinnen. Die sind ja noch der beste Teil von den lieben Mitmenschen, die unser restliches Leben lang in nächster Nähe von uns leben.
Klar, das Gebrüll der Kinder nebenan, das kann einem schon mal auf die Nerven gehen. Oder das blödsinnige Elektroauto mit seinem stupiden Djöngjöngjöngjöngjöng. Als unsere Kinder klein waren gab es so ein Spielzeug noch nicht. Kein Wunder das die Gören heutzutage alle verblöden. Den ganzen Sommer über haben die Zwillinge unserer Nachbarn mit diesem tollen Spielgerät versucht, mich aus der Reserve zu locken. Es ist ihnen nicht gelungen. Ich habe einen sagenhaft festen Willen, auch wenn meine Frau da bestimmt etwas Anderes behaupten würde. Meine Frau heißt übrigens Inessa. Als ich das erste Mal ihren Namen hörte, hätte ich eigentlich stutzig werden müssen. Inessa. Der Name ist doch ein Signal, oder? Bloß, Signale haben Sender und Empfänger, und ich war als Empfänger damals offenbar nicht zu gebrauchen. Ich war viel zu sehr fixiert. Wo-

rauf? Sie können es sich bestimmt denken. Meine Theorie zum Thema Fixierung ist, dass genau in dem Moment, als sich auf Inessa traf, unsere ungeborenen Kinder, so als Eierchen noch, ihre Angel nach einem Erzeuger ausgeworfen hatten. Eine Falle, die aus diversen Düften bestehen soll, denn der Mann soll zuerst durch Gerüche angezogen werden. Viel später, wenn der quasi tierische Teil des Gehirns die Sache längst klargemacht hat, werden dann die Großhirnteile hinzugezogen, die durch visuelle Reize gesteuert werden. Einige simple Seelen verkürzen das Auswahlverfahren und behaupten, die Männer seien schwanzgesteuert. Bis zum Schwanz kamen die Auswahlkriterien bei mir nicht. Die Falle war schon lange zugeschnappt, als ich mitbekam, was da für ein Wesen vor mir stand. Inessa eben!

Inzwischen weiß ich es natürlich besser. Ein Mensch, der Inessa heißt, kann keine Maria sein. Oder keine Eva, wenn ihr es lieber so wollt.

Unsere Nachbarin jedenfalls heißt Gina. Welches Signal von diesem Namen ausgeht, kann ich nicht sagen. Gina hat einen sehr wohlgeformten Hintern, dem auch die Geburt ihrer Kinder nicht geschadet hat. Ihr Mann ruft sie immer Djieeehna. Allerdings ruft er selten, denn er versucht, sein Gehirn durch intensiven Gebrauch der neuen Medien zu trainieren. Und während der Mann sein

Wissen pflegt, indem er an der Glotze sein Gehirn trainiert, kann Gina sehen, wie sie mit ihren ziemlich agilen Zwillingen, sie heißen übrigens Max und Moritz, zurechtkommt. Deren Namen wiederum, die passen zu den beiden Knaben, wie die Faust aufs Auge. Die Streiche, die Wilhelm Busch seinen Kunstfiguren zugeordnet hat, werden bei unseren Nachbarn locker, schöpferisch und täglich weiterentwickelt. Ihre Späße beobachte ich übrigens mit viel Interesse. Gestern hat der Max dem Moritz in die Schuhe gepinkelt. Erstaunlich, wie dicht so kleine Kinderschuhe halten. Der Junge stolperte beim Verlassen des Hauses über die Schuhe seines Bruders, denn die Jungs ziehen mit großer Konsequenz die Schuhe aus, wenn sie das Haus verlassen. Max also rückte die süßen kleinen Schuhchen wieder fein säuberlich nebeneinander, bevor ihm offenbar aufging, dass er pinkeln muss. Er reckte den Hals und sah, wie sein Bruder ganz allein und in aller Ruhe ein Paket Waffeln verputzte. Dass sein Freund und Bruder Moritz dort so ungerührt vor sich hin schlemmte, muss den Max furchtbar geärgert haben: Er reckte den Bauch vor und lenkte den Strahl, der just in diesem Moment aus ihm herausbrach, direkt in die Schuhe seines Bruderkumpels Moritz. Nicht, dass den das gestört hätte, denn er schaute nur kurz auf, aus dem Elektroauto Tsutsu-simmsimmsimm und führte weiter eine Waffel nach der anderen seinem robusten Verdauungsapparat zu. Fasziniert trat ich dichter hinzu, immer ein wenig in der Deckung der Sträucher zwischen unseren Häusern.

Als Gina mitbekam, was ihre süßen Kerlchen da so trieben, fing sie ziemlich drastisch an zu brüllen. Ich musste mir das Lachen verkneifen, als sich sah, wie sie die Puller ihres Süßen aus den Schuhen auf den Weg kippte. Dumm war bloß, dass ich vor Inessas Blicken gänzlich ungeschützt dort auf der Wiese hinter dem Gebüsch stand. Ich kann Ihnen sagen, der Vorwurf, ein Spanner zu sein, war noch der harmloseste Vorwurf, den ich kassierte. Dabei helfe ich nur gern! Ich bin wirklich so hilfsbereit, dass es mir selbst manchmal schon ein wenig zu viel wird. Immerzu muss ich daran denken, wie ich anderen Menschen einen Gefallen tun kann. Wenn Inessa das wüsste, würde sie sicher denken, ich will nur den Frauen an die Wäsche. Ich weiß es nicht, aber ich helfe natürlich Frauen viel lieber als Männern. Die sollen sich mal schön selber helfen. Ich will Ihnen ein Beispiel bringen: Vor einiger Zeit waren Inessa und ich zu Gast bei einem Sommerfest. Es wurde, wie bei solchen Festen üblich, getrunken, getanzt und der Gastgeber legte eine ordentliche Portion Fleisch auf den Grill. Es war tatsächlich genug von allem da. Vielleicht lag es an der Reihenfolge der Vergnügungen, aber ich konnte deutlich erkennen, dass einige der Frauen nicht mit der Reihenfolge des Gebotenen zu Recht kamen. Besonders eine hübsche junge Frau fiel mir auf, die zunächst wie wild getanzt hatte. Ihr helles Sommerkleid schmiegte sich so schön an ihren Körper. Zuerst tanzte sie mit Frauen, weil die Männer nicht in Gang kamen, dann mit so ziemlich allen Kerlen, die zur Verfügung standen. In den kurzen Tanzpausen kippte sie ein Mixgetränk nach dem anderen. Ich habe nicht mitgezählt. So bin ich nicht. Aber es war doch deutlich zu erkennen, dass das Mädel die Sau raus lies, wie man so schön sagt. Als die Koteletts gar waren, griff sie zu. Sie aß ein Stück Fleisch beim Tanzen, direkt aus der Hand! Danach wurde ihr offenbar schlecht und sie verschwand im Gebüsch. Hat gar keiner bemerkt, außer mir. Sie kam und kam nicht wieder. Hätten Sie da nicht auch nachgesehen? Es hätte ja schließlich sonst etwas passieren können. Ich will nicht ins Detail gehen, was dort im dunklen Gebüsch passierte, dafür bin ich nun wieder zu sehr Gentleman. Als ich sie wieder auf der Partywiese hatte, war ihr jedenfalls deutlich besser. Hanna blieb nur noch eine Weile. Sie saß nur noch blass auf der Bank, aber jedenfalls ist sie nicht an ihrer Saufkotze erstickt. Und das hat sie ganz allein mir zu verdanken!

Um zurück zu Gina zu kommen: sie tat mir leid. Max und Moritz tanzten ihr praktisch auf der Nase herum und ihren Mann schien das ganze einen Dreck zu kümmern. Klar, dass man da über Alternativen nachdenkt, oder? Mir geht es jedenfalls so. Sobald ich eine Situation antreffe, die mir nicht gefällt, stelle ich mir vor, wie ich sie verbessern könnte. Geht Ihnen das auch so? Dann wissen Sie ja, wovon ich rede.

Kein Wunder also, dass ich mir überlegte, wie die Situation für die junge Frau da direkt neben mir zu verbessern wäre. Ihrem Mann jedenfalls schien die prekäre Situation Ginas nicht aufzugehen. Habe ich schon gesagt, dass ich gut aussehe, für mein Alter? Inessa sieht das ganz anders. Sie meint, ich sähe aus, wie ein struppiger Besen. Aber seit ich meine Haare zum Pferdeschwanz raffen kann, sehe ich mich zumindest ganz gern im Spiegel. Klar, ein paar Pfunde habe ich zu viel. Wer hat das nicht, in unserer Wohlstandsgesellschaft? Dafür bin ich aber wirklich ein lieber Kerl. Und Geduld habe ich. Unendlich viel Geduld.

Urks

Urks war das erste Wort, welches die kleine Hand voll Leben als erstes hörte, als es in das Stroh eines kleinen Stalles in der Nähe der Stadt am Meer plumpste. Da lag es, ganz warm, ganz nass, und spürte kurz darauf die warme Zunge der Mutter, die es sorgsam von den Geburtssäften reinigte. Urks, wiederholte sie wieder leise, und stupste das Ferkel mit der Nase, denn es sah so anders aus, als sie und seine rosafarbenen Geschwister des Wurfes. Es war ganz und gar schwarz.
Urks kroch an die Seite der Mutter und ruderte mit den Beinchen, als wollte es der Gruppe der Geschwister davon schwimmen. So erreichte er die erste und beste Zitze, schnuffelte mit seinem kleinen schwarzen Rüssel und saugte sich an ihr fest, die erste Milch, das Kolostrum - die erste Schluckimpfung im Leben eines jeden Säugetieres -, zu erhalten. Glücklich hob und senkte sich sein kleiner Leib vom zufriedenen Schnaufer und er schlief erschöpft nach der ersten Anstrengung seines Lebens mit der süßen Zitze im Maul ein.

Mit einem Ruck erwachte er und die Zitze verschwand in der Höhe. Urks und seine Geschwister rollten ins Stroh und in ihrer Not begannen Sie zu greinen und manch ängstliches Grunzen und Quieken mischte sich in das Gejammer. Aber sie hatten einander noch und so suchten sie die gegenseitige Wärme, kuschelten sich zusammen und schliefen bald wieder ein. Über ihnen hatten der besorgte Schweinzüchter eine wärmende Lampe aufgehängt. In deren sanftem roten Schein lagen die kleinen Tiere. Ab und zu zuckten die kleinen Körper in Erwartung des kommenden Lebens. Die Mutter schleppte sich, nicht ohne zuvor einen prüfenden Blick auf ihre Jungen zu werfen, aus der Tür des Stalles. Sie hatte Durst nach der Mühe der Geburt und soff tief aus dem Trog in ihrem Auslauf. Aus dem Nachbarkoben grüßte der Vater der Ferkel, ein kräftiger Eber. Ein prächtiger Kerl: ganz schwarz und mit Hängebauch. Eben ein echter fetter Hängebaucheber! Die Mutter grüßte mit einem Nicken kurz zurück und begab sich dann in ihre Toilettenecke. Nach Geschäftserledigung verschwand sie wieder im Stall, legte sich neben die Kleinen und schlief wie diese ein. So verging der erste Tag des Lebens von Urks. Er schlief und trank und trank und schlief und die Mutter machte ihn sauber, so wie das bei uns Menschen auch geschieht.

Der Koben der kleinen Schweinefamilie gehörte zu einem kleinen Tierpark, in dem die Bewohner der Stadt am Meer viele Haustierrassen besichtigen konnten, die sie sonst nie zu Gesicht bekommen hätten. So sah Urks von Anfang an viele Menschen und viele Menschen sahen dem Aufwachsen von Urks zu. Allein, so viel Freude die Menschen und vor allem deren Kinder am possierlichen Treiben der Ferkel in ihrem Gehege hatten, war das Geld des kleinen Tierparks stets knapp. Deshalb nagelte der Tierparkdirektor eines Tages ein Schild an das Tor: Ferkel zu verkaufen. Dieses Schild las ein junger Mann, der mit seiner Tochter den Tierpark besuchte. Der Zufall führte sie zum Ferkelkoben. Dort schauten sich die beiden die Ferkel lange an.

Er dachte dabei an seinen Geburtstag, den er im Herbst feiern würde und in seinen Gedanken drehte sich ein Spieß mit einem schönen braunen Braten daran. Die Tochter lief unterdessen zur nahen Wiese und pflückte den frischen Löwenzahn des frühen Sommers. Dann kehrte sie zurück und warf die Blätter den Ferkeln zu, die ihn glücklich schmatzend fraßen.

Es kam, wie es kommen musste: Urks wurde, weil er aus der Gruppe so stattlich schwarz herausstach, ausgewählt und in einen stabilen Sack gesteckt. Der junge Mann wohnte nicht weit entfernt in einem kleinen Dorf, nahe der Stadt am Meer, zur Untermiete. Der Besitzer hatte einige Ziegen, deren Stall ungenutzt blieb, da die Ziegen den Sommer auf der Weide verbrachten. Urks wurde im Ziegenstall freigelassen. Alles wirkte auf ihn fremd und bedrohlich. Deshalb zeigte er die Zähne, keifte und war nur noch bissiges Maul, denn der Schreck, den er bei der Einfahrt in den Sack bekam, war gewaltig. Sein Puls raste, sein Herz schlug, dass er es bis in die Ohren hörte und er wollte nur eines, heim zu seiner Familie.

Der junge Mann klemmte eine durchgesägte Tür in den Ausgang des Ziegenstalls, stützte diese mit einer Mistgabel ab, warf etwas Heu in Richtung des keifenden Schweinchens und stellte eine Wasserschüssel hinter der behelfsmäßigen Sperre in Reichweite des tobenden Tieres ab. Es wurde Nacht und Urks blieb allein. Der junge Mann hatte die Angst des Ferkels und die Kräfte, die ihm diese verlieh unterschätzt. So traf er am nächsten Morgen, als er gleich in der Früh nach seinem Geburtstagsbraten sehen wollte, auf einen gähnend leeren Stall. Die halbe Tür lag umgeworfen auf der Seite und das Schweinchen Urks war auf und davon. Das war dem jungen Mann nicht recht, denn er hatte gutes Geld für das Ferkel bezahlt. Also lief er umher und gab überall an, dass er ein kleines schwarzes Schwein suche, welches ihm bitte gegen Belohnung auszuhändigen sei. Allein Urks blieb spurlos verschwunden.

Urks wußte in dieser Nacht, nachdem die Tür seinem tobenden Ansturm nachgab, nicht, wohin er sich wenden sollte. Traurig jammerte und schnuffelte er vor sich hin. Nur eines war ihm klar: hier bleiben konnte er nicht. Womöglich käme er sonst wieder in einen engen Sack und danach in diesen fremden, nach Ziegen riechenden Stall. So lief er aufs geradewohl den Weg durch den Weiler an den Bäumen und am Teich vorbei hin zur großen Straße, die zur Stadt am Meer führte. Daneben breitete sich ein Feld mit duftender, junger Gerste. Urks schnüffelte, verließ die Straße und fraß von der jungen Gerste, bis er satt zum Himmel aufschaute. Wo sollte er hin, in welche Richtung musste er gehen, um zu seiner Mutter, den Geschwistern und dem bekannten Stall zu gelangen?

Er wusste es nicht und der große Mond leuchtete auf den Acker, auf dem das kleine Schweinchen ganz allein stand. Es konnte nicht anders: Das Ferkel reckte die Schnauze in den Himmel und jammerte und jammerte. Schließlich rollte es sich zu einem kleinen Kringel und schlief traurig ein. Der Mond zog seine Bahn und verschwand hinter dem Horizont. Dunst stieg auf und der neue Tag begann. Der Besitzer des Hauses mit dem Ziegenstall machte sich auf den Weg, damit seine Hunde

Auslauf bekämen. Sie strolchten ganz dicht an Urks vorbei! Sie bemerkten ihn nicht, denn er hielt die Luft an und presste sich fest an den Boden. Auch der junge Mann, der mit suchendem Blick etwas später die Straße in Richtung Stadt am Meer lief, sah Urks nicht. Denn das Ferkel saß ganz still und wartete.

Erst am Abend fraß er wieder etwas Gerste und strich durch das Feld, bis er auf eine Spur stieß, die wie seine Geschwister roch und doch wieder ganz anders. Urks wurde ganz aufgeregt: immer wieder schnüffelnd folgte er der Spur durch den Acker, über die Straße zur Stadt am Meer, bis zum nahen Wald. Hier wurde der Geruch immer stärker. Aufgewühlte Stellen erinnerten ihn an die herrlichen Suhlen im kleinen Tierpark. Im Walde aber lebte eine große Schar wilder Schweine. Die zogen sich des Tags stets in das naheliegende Moor zurück, wo sie kein Jäger verfolgen konnte. Nachts aber machten sie sich auf den Weg und fraßen sich an der Gerste satt. Später, als der Raps hoch genug stand, legten sie weitläufige Gänge an, in denen sie sich herrlich verstecken konnten.

Urks näherte sich suchend ihrem Ruheplatz im Moor. Die Leitbache reckte aufmerksam die Ohren, als sie seine Schritte vernahm. Sie staunte nicht schlecht, als sie das kleine schwarze Schwein zu Gesicht bekam und grunzte zur Begrüßung recht freundlich. Futter gab es zu der Zeit nachgerade im Überfluss und so verhielt sich die Leitbache dem einsamen Wanderer gegenüber freundlich. Als ihre Frischlinge den Ankömmling durch den starrenden Blick der Bache bemerkten, stürmten sie auf den seltsamen Gast zu, stießen ihn mit ihren Schnauzen und luden ihn damit zum Spielen ein. Die Leitbache aber legte sich wieder in ihren Ruheplatz und gab damit das Signal, dass alles in Ordnung sei. Urks folgte den Frischligen und lernte bald, den weichen Moorboden zu durchwühlen und manch knackigen Käfer zu finden. So einfach ging das und Urks wurde in der Rotte zum Wildschwein.

Er zog mit der Rotte, als der Raps hoch genug war, zwischen Raps und Gerste hin und her. Die Gerste füllte die Bäuche und der Raps lieferte das Versteck. So ging die Zeit dahin und Urks wurde ein kräftiger Läufer mit Handicap, denn sein Rückgrat entwickelte sich hängebauchschweintypisch zu einer Art Hängebrücke, so dass er wesentlich tiefer lag als seine hochbeinigen neuen Geschwister. Das wurde ihm beinahe zum Verhängnis, als die Gerste gedroschen wurde und gewaltige Maschinen ihre Futterplätze in ihren Bauch fraßen und nichts für sie übrigließen. Der Raps rettete ihn, aber die Jäger, die beim Dreschen der Gerste an den letzten zu mähenden Bahnen

Position bezogen, schossen manches Mitglied seiner Rotte nieder. Was war das für eine Hatz! Getrieben von den gewaltigen Maschinen, jagten sie Bahn für Bahn durch die Gerste und wäre Urks nicht dicht an den Fersen seines Mutterersatzes geblieben, wäre es wohl auch um ihn geschehen gewesen.

Die Tiere zogen sich allabendlich tief in das Moor zurück, wohin ihnen weder Jäger noch Maschinen folgen konnten. Der Raps wurde geerntet und die Äcker lagen bloß und boten kein Versteck. Der Wald begann seine Früchte zu spenden und die Rotte hatte ein gutes Auskommen. Bis eines Tages wieder eine Jagd begann. Diesmal trieben Menschen mit Hunden alle wilden Tiere aus ihren Verstecken. Alle rannten um ihr Leben, und sie liefen direkt hinein, in das Feuer der Jäger. Die Leitbache führte ihre Rotte in rasendem Lauf quer durch das Moor, über die Straße zur Stadt am Meer, weiter, immer weiter, über den blanken Acker, hin zum tiefen Graben.

Der Besitzer des Hauses ging mit seinen Hunden wie jeden Abend die Straße entlang. Da sah er die Tiere aus dem Wald brechen. Die Leitbache stürmte voran, dann folgten die kleineren Bachen, dann die Läufer, dann lange Zeit nichts und als letztes lief schreiend und schimpfend Urks hinterdrein. Er konnte mit den langbeinigen Verwandten nicht Schritt halten und die Rotte erzielte bis zum tiefen Graben einen Vorsprung von mehreren hundert Metern. Die Schweine rollten wie Kugeln die Böschung hinab und plantschen ins Wasser. Der Mann sah, dass Urks Probleme hatte, der wilden Hatz zu folgen, denn sein Hängerücken behinderte ihn ebenso, wie die zu kurzen Beinchen. Der Spaziergänger hielt inne und folgte den Tieren mit seinen Blicken. Dabei dachte er an den kurzen Moment, in welchem er Urks in seinem Ziegenstall aussetzte und sah in Gedanken, wie kämpferisch ihm der kleine Kerl seine Zähne zeigte. Da ist das Schweinchen also abgeblieben, dachte er, und er drückte ihm die Daumen, damit es weiter den Jägern entkäme.

Urks starb nicht an einer Kugel aus einem Gewehr. Die Straße zur Stadt am Meer wurde sein Verhängnis. Oft hatte er aus seinem Versteck im Raps die tosenden Autos der Menschen beobachtet und gestaunt, wie schnell sie vorbeirauschten. Eines Tages, die Rotte hatte den Marsch in den Wald vertrödelt, sauste die Leitbache zwischen den fahrenden Autos über die Straße. Die Rotte folgte und die Autos bremsten ab, denn kein Mensch fährt absichtlich ein Wildschwein um. Manche achten die Tiere und andere befürchten, dass ihre Autos Schaden erleiden. Nachdem die Rotte die Straße passiert hatte, sah es so aus, als ob kein Schwein mehr folgen würde. Alle Autos fuhren wieder schneller. Urks jedoch stand noch hinter der Leitplanke. Als ihm schien, er könne es schaffen, startete er zum eiligen Lauf seiner Rotte hinterher. Er lief genau einem Auto in die Fahrbahn. Die Fahrerin bremste noch stark, die Bremsen quitschten, allein Urks erhielt einen schweren Schlag gegen die Hüfte und flog auf der anderen Seite der Straße in den Graben. Er hörte, wie weiter Autos vorbeijagten und er hörte, wie ein Vogel über ihm sang. Die Frau stoppte ihr Fahrzeug, lenkte es so weit es ging neben die Fahrbahn und lief zurück. Dann sah sie das noch kleine Tier im Graben liegen. Sie beugte sich über das kleine schwarze Schwein und sah ihr eigenes Spiegelbild in den Augen des Tiers. Seltsamerweise sah sie selbst die Spiegelbilder der Schäfchenwolken am Himmel. Urks spürte, wie sein Herz langsamer schlug, er sah das Gesicht der Frau über sich, den Himmel mit den kleinen Wölkchen und der Gesang des Vogels wurde leiser für ihn. Die Frau verschwand, und der Himmel. Dann blieb sein Herz stehen. Urks war tot.

Die Leitbache stand im Wald. Sie beobachtete die Frau und ihren seltsamen kleinen Ziehsohn. Das große Tier schaute, bis ihre Frischlinge sie riefen, dann wendete sie sich ab und verschwand mit ihrer Rotte in Richtung Moor.

Sackgasse

In unserer Straße ist nichts los. In der Regel jedenfalls. Das liegt teilweise daran, dass sie nur eine Zufahrt hat. Jahrelang war es so ruhig, wie es sich die Leute in der Stadt oft denken, wenn sie von ländlicher Idylle reden.
Bis dann eines Tages ein Einsatzkommando das Haus meines Nachbarn stürmte.
Einige Wochen später fand ich eine tote Katze auf der Straße. Beides gehört aber bestimmt nicht zusammen.
Aber ich will lieber ganz am Anfang beginnen, wie man das so macht, oder?
Also mein Nachbar, der war vor einigen Jahren aus Polen zu uns in die Stichstraße hier am Rande des Waldes gezogen. Ob er das Haus gekauft hat – Immobilien waren zu der Zeit wohl billiger als in Polen -, oder ob er es gemietet hat, entzieht sich meiner Kenntnis. Außer einem flüchtigen ‚Hallo', mal hier mal da, haben wir kein Wort miteinander geredet. Und auch mit seiner Frau rede ich lieber nicht. Das ist eine ziemlich Hübsche.

In letzter Zeit bekommt sie öfter Herrenbesuche, aber nun bin ich schon wieder vom zeitlichen Fahrplan abgewichen!

Zunächst also wohnte der Pole allein in unserem Nachbarhaus. Meine Frau wollte ihm noch einen Kuchen zum Einzug backen.

Später war sie ganz froh, dass sie das nicht getan hat. Bald, nachdem die Einzugsaktivitäten vorüber waren, begann ein heimlicher Kurzzeittourismus.

Nicht, dass ich neugierig gewesen wäre, aber wenn am Abend Männer mit hochgeklapptem Kragen an der Tür des Nachbarn klopften, dann musste ich das mitkriegen. Egal ob ich beim Gießen der Gemüsebeete oder beim Holzhacken war, wenn solche Dunkelhüte herumschleichen, wird man als Nachbar natürlich stutzig.

Ich dachte erst an Geheimdienst- und Verbindungsleute, aber als ich die Typen mal bei Tageslicht sah, war es mir bald klar: Die kauften sich ihren Stoff bei meinem Nachbarn!

Wir zogen selbsverständlich die Konsequenzen und redeten kein Wort mit dem Kerl. Auch nachdem seine Frau einzog, änderte sich am Zustand der Kontaktsperre meiner Familie zu den Nachbarn nichts. Fehlte noch, dass der Kerl meinem Jungen Drogen anbietet! Das Alter dafür hätte er langsam. Meinen Jungen meine ich natürlich.

Ich habe gehört, dass das Zeug inzwischen überall zu bekommen ist – besonders die Schulen sind willkommene Orte, um die probierwilligen Jugendlichen zu späteren Kunden zu machen.
Das stelle ich mir jedenfalls ganz einfach vor! Deshalb passe ich sehr genau auf, dass die Scheine aus meinem Portemonnaie nicht ungewollt in Richtung Schulhof wandern! Und ich beobachte das Verhalten meines Großen – ob es sich verändert, und so. Bisher konnte ich nichts feststellen.
Er ist und bleibt der gleiche Aktivist. Und mein Kleiner, der ist nun wirklich noch zu klein für solchen Mist. Wenn die sich an den ranmachen würden?
Ich weiß nicht, ich glaube ich wäre fähig den Sauhund zu erschlagen, der es wagt, meinem Goldsohn das Dreckzeug anzudrehen!
Nachdem das Einsatzkommando also das Haus neben mir geräumt hatte, blieb die Tür dort zunächst sperrangelweit offen stehen. Sie ging auch nicht mehr zu schließen, denn sie war ein einziger Trümmerhaufen. Erst Tage später hat ein mir unbekannter Mann eine andere Tür notdürftig eingehängt. Das sieht aus!
Und dann? Dann war kurze Zeit Ruhe mit den heimlichen Besuchen, dem Huschen und Tuscheln an des Nachbarn Tür.

Allerdings führte der Zugriff zu einem ungeahnten Aufschwung der Kommunikation in unserer Stichstraße. Selbst mit Oma Juhnke von gegenüber kam ich mal wieder richtig ins Gespräch. Leider musste ich ihr nur wenig später ihre tote Katze zurückbringen. Aber ich weiche schon wieder von der Reihenfolge der Ereignisse ab!

Nachdem sich die Leute an den Zäunen bei uns ausgequatscht hatten, blieb der Nachbar spurlos verschwunden. Seine Frau ging anscheinend keinem geregelten Beruf nach, und ich wunderte mich schon, wie die junge Frau wohl so ihre Miete verdient – oder die Abzahlungsraten-, je nachdem eben!

Einziges Lebenszeichen im Nachbarhaus war das abendliche Licht und das seltsame blaue Leuchten ihres Computers. Ich überlegte schon, ob die Frau vielleicht in der Softwarebranche tätig sei, als die abendlichen Bewegungen auf dem Nachbargrundstück wieder begannen.

Nicht eine Frau besuchte sie, nicht ein Kind klopfte an die Tür! Bis auf Halloween, da machte die Frau doch tatsächlich in einer Art Bikini, aber einem sehr, sehr knapp bemessenen, auf und schaute ziemlich blöd aus ihrer mickrigen Wäsche, als die Kinder krähten: Süßes, oder es gibt Saures!

Die Gören haben ihr später tatsächlich die Türschlösser mit Kaugummi verklebt. Die weißen

Flecke an den Schlössern kann man jetzt noch leuchten sehen.

Im Schutze der Dunkelheit also besuchte Kerl auf Kerl meine Nachbarin. Bei fünf musste ich aufhören zu zählen, denn meine Frau rief mich vom Hauklotz weg. Später sah ich noch zwei, die in ihrer Bude, als Schattenriss im Bad, herumturnten. Naja, ich will wirklich nicht neugierig sein, aber was da los war, das interessierte mich doch! Es gab öfter ziemliche Diskussionen, die manchmal sehr, sehr laut geführt wurden. Und einmal kam ein Laptop zum Fenster heraus geflogen, nachdem zuvor ein nackter Mann seine Klamotten von der Treppe aufhob und wieder zurück in die Bude stürmte. Unterhaltsam war das bis dahin schon! Klar, mir wäre der blöde Kasten beinahe an den Kopf geflogen, aber ich hätte ja auch nicht gerade Holz hacken müssen, als die beiden im Nachbarhaus ihre Tarifdiskussionen zu Ende brachten!

Doch dann kam das Ding mit der Katze und von da an hatte ich endgültig genug. Die Katze von Oma Juhnke ist ziemlich verfettet. Sie schaffte den Sprung bis auf Zaunhöhe nur mit einigen Metern Anlauf und selbst dann nicht immer! Als irgend so ein Trottel von Freier also in unsere Stichstraße eingebogen ist, hat er die Mizzi erwischt. Dem Mann war das eventuell peinlich, oder er wollte nur nicht, dass wir sehen, wohin er wollte.

Jedenfalls war er mitsamt seiner Karre schneller wieder weg, als ich mir seine Autonummer aufschreiben konnte.

Blieb eben nur die tote Mizzi. Ich habe sie zu Oma Juhnke getragen, die einen ziemlichen Anfall bekam. Der Opa blieb dagegen cool: „Katze doot? Na dann, gib mal her das Viech".

Er hat sie dann wohl beerdigt. Die Katze, meine ich! Oma Juhnke hatte schon eine Woche später eine neue. Trotzdem sieht sie mich seit dem immer ziemlich schräg an. Sonst war sie die gute Laune selbst! Das habe ich nun von meiner Hilfsbereitschaft! Aber man kennt das ja: Der Überbringer der schlechten Nachricht ist immer der Dumme! Ich habe daraus gelernt: Als in der nächsten Woche eine tote Henne auf der Straße lag, habe ich sie still und heimlich der Polin über den Zaun geschmissen.

Und wisst ihr was? Die Henne liegt noch immer da, obwohl inzwischen schon nicht mehr viel von ihr übrig ist.

Keiner der blöden Kerle hat einen Blick dafür, dass die Frau, die sie besuchen, ja auch mal Hilfe brauchen könnte. Blöde Säcke! Dazu passt, dass unsere Straße seit kurzem nicht mehr die Stichstraße am Forst genannt wird, sondern …? Raten Sie mal!

Krischan, Lene und das Kätzchen

Der alte Krischan versucht die Augen zu öffnen. Die Wimpern kleben aneinander und erst nach vorsichtigem Reiben gelingt es ihm. Von der Decke grinst ihn der Wasserfleck an. Er bläst die Luft ab wie ein Wal. Tatsächlich, er kann den Dunst sehen. So kalt ist es in seinem Schlafzimmer. Er schlägt die Decke zurück und schaut auf das Nachbarkopfkissen. Verdammt, den Blick kann er nicht lassen, obwohl Lene schon vor zwei Jahren verstorben ist. Hat ihn einfach allein gelassen, weil ihr Herz nicht mehr konnte. Beim Hühnerfüttern starb sie, er hörte die Blechschüssel mit dem Korn auf den Boden knallen. Ein Hubschrauber kam auf seinen Anruf hin aber Lene lächelte nur noch milde über solch aufwändiges Bemühen. Seitdem ist er allein. Die Kinder wohnen in Berlin und alle halben Jahre kommen sie mal vorbei, um die Nase über sein einfältiges Leben zu rümpfen. „Aber Vater", meinen sie, „du kannst die Hühner ruhig abschaffen. Eier bekommst Du doch für 20 Cent beim Aldi." Die Hühner sind wenigstens immer bei mir, denkt er. Nun muss er auch heute wieder raus, denn die Hühner kollern schon im Hof umher, weil ihnen das Nassfutter fehlt. Krischan setzt sich auf die Bettkante und schüttelt den grauen Kopf. Ach ihr Hühnervolk, was macht ihr bloß so einen Krach. Das Futter auf dem Küchenherd wartet doch schon. Er schiebt Papier und Holz in die altertümliche Kochmaschine und bald bollert das Feuerchen lustig im Herd. Das Kaffeewasser wallt auf und kräftiger Kaffeduft zieht durch die einfache Küche, den leichten Pilzgeruch des Katens verdrängend. An dem hat die ganze Umbauerei nichts geändert. Ist eben ein altes Haus! Die Hühner bekommen ihr Nassfutter und picken zufrieden darin herum. Krischan trinkt im Stehen einen Schluck. Er sieht zu und fragt sich, wie lange er die Hühner noch so füttern kann. Die große Scheune steht still gegenüber. Das Tor ist offen und einige Strohballen liegen in der Ecke und ein großer Haufen gehacktes Holz, Krischans ganzer Stolz. „Da liegt meine Energiewende", brummt er, „hähä, die Ölkonzerne kriegen nichts von mir". Nach Lenes Tod hat Krischan die ölbefeuerte Zentralheizung abgestellt und die alte Kochmaschine wieder in die Katenküche gebuckelt. Der alte Schornstein kam wie durch ein Wunder am Abriss während der Modernisierung des Hauses vorbei. Der Schornsteinfeger hatte nichts gegen den Anschluss und seitdem heizte Krischan nur noch die Küche. Wenn in der kalten Jahreszeit Besuch kam, wann war das schon, öffnete er die Tür weit und die Stube wurde mit warm, wenigstens fast. Der Besuch ging dann bald wieder und Krischan blieb in seinem kleinen Kreis mit Hühnern, gelegentlichem Einkauf mit dem Nachbarn und den halbjährlichen Kinderbesuchen. So gingen die Tage dahin bis zu diesem kalten Morgen an dem der Frost bis in sein Schlafzimmer kroch. Er hielt sich den Rücken, um sich ganz vorsichtig nach vorn durchzubiegen. Das ging auch schon mal besser. Das Telefon klingelt. „Vater, wir haben diesen ersten Weihnachtstag einen Wellnessurlaub im Seehotel gebucht. Wärst Du traurig wenn wir nicht kommen? Wir schicken dir einen schönen dicken Roman. Der wird Dir bis ins Haus gebracht!" Krischan ist traurig. „Was sagt denn Lene dazu?" Seine Enkelin heißt wie die Oma und er ist mächtig stolz auf das kleine Mädchen, dass die Hühner so gern hat und sich immer eine kleine Katze wünscht, wenn sie bei ihm ist. Sie ist nicht so hochnäsig wie die Städter, ihr gefallen die wenigen Tiere, die ihr Opa noch hat.„Lene wollte zu dir aber das Schwimmbad am Seehotel hat sie überzeugt mit uns zu fahren." Das Telefonat ist bald zu Ende. Buch nach Hause – das kann inzwischen jeder Trottel mit dem Internet. Krischan ist sauer aber was soll er machen. Er legt Holz nach und geht über den Hof in die Scheune, greift sich das Beil und spaltet Hieb auf Hieb die Kloben. Der Rücken wird weich und Krischan geht ganz in seiner Arbeit auf. Die Scheite klackern leise auf den inzwischen gewachsenen Hümpel. Krischan nimmt einen besonders verasteten Kiefernkloben, holt aus und schlägt ordentlich zu. Er muss lächeln, das kann ich noch, denkt er, als der Kloben langsam knirschend aufreißt. Während er Druck auf das Beil ausübt beginnt der Kloben zu mauzen. Krischan stutzt. Er drückt wieder nach. Wieder mauzt es. Das ist ja wie beim Meister Kirsche in Pinoccio! Der Klotz will wohl leben? Er drückt wieder, diesmal nichts, dafür trennen sich die beiden Hälften und fallen zu Boden. Es mauzt wieder und diesmal flieht ein kleiner schwarzer Fellkobold unter den gespaltenen Kloben hervor, etwas größer als ein Maulwurf. Er verschwindet im Stroh und quäkt wieder. Krischan schlägt das Beil in den Hauklotz. Ein Kätzchen oder ein Kater, das ist die Frage. Das bekommen wir raus. Mal sehen ob Du Hunger hast. Er verlässt die Scheune und eilt in die Küche, kocht etwas Milch auf seinem Herd, damit es gut riecht und kühlt sie sorgsam wieder ab. Ein Stück Gehacktes polkt er aus der Packung, für sein Beefsteak für Mittag. Schnell ist er am Ballen, setzt Milch und Fleisch ab und wartet. Nach wenigen Anstandssekunden kommt ein kurzbeiniger Spätling aus dem Stroh und säuft und frisst und frisst und säuft. Krischan streichelt ihn leicht im Nacken und das Tierchen reckt sich ihm entgegen. Der Bauch bläht sich schnell zu einer Trommel. Krischan taucht den Finger in die warme Milch und der Neuzugang leckt daran und lässt sich anheben. Es ist eine kleine schwarze Katze. Sie ist satt und müde. Krischan trägt sie ins Haus, macht ihr eine kleine Kiste am Herd, packt einen alten Schal hinein, hockt sich hin und streicht das kleine volle Bäuchlein. Kätzchen reckt sich wohlig. Sie reißt das rosa Maul auf und zeigt ihre scharfen kleinen Milchzähne. Nach einer Weile schläft es ein. Krischan brät sich seine Bouletten, isst. Dann legt er sich auf die Küchenbank, lauscht dem leisen Schniefen des Kätzchens, hört die Scheite im Ofen ab und an leise knistern und denkt an Lene, seine Kinder, die kleine Lene, den Briefträger, den Nachbarn, die Rentnerweihnachtsfeier im Dorf und da ist auch er eingeschlafen. Da liegen sie, der alte Bauer und das kleine Kätzchen noch ohne Namen und im fernen Berlin jammert die kleine Lene. Dass sie den Opa besuchen möchte und sie will und will. Der Sohn und Lenes Mutter schelten, du wolltest doch mit uns mitkommen und das Schwimmbad ist doch so schön usf.. Lene ist eine Harte. Sie setzt sich durch. Na gut, meinen die Eltern, wenn Du unbedingt willst setzen wir

Dich beim Opa ab aber denk nicht, dass Du uns dann nachkommen kannst, wir werden beim Schwimmen und planschen im warmen Wasser an Dich denken. Und so geschieht es. Am folgenden Tag, als Krischan seinem Neuzugang das Bäuchlein krault, hört er ein Auto, dass sich über den Seitenweg dem Katen nähert. Die Autotür öffnet sich und die kleine Lene hüpft auf ihn zu und ruft „Opa, Opa, ich bleibe bei Dir!". Krischan stellt die Kiste schnell auf den Tisch und Lene spring ihm in die Arme. Schon hat sie die Kiste entdeckt und ruft: „Oh danke, Opa, ein Kätzchen, das habe ich mir so gewünscht!". Der Sohn und Lenes Mutter steigen aus dem Auto. Sie umarmen Krischan und sagen ihm, dass sie nicht anders konnten, Lene wollte ihren Willen. Ein Karton wechselt leise die Besitzer. Es ist das Weihnachtsgeschenk für die die kleine Lene, dass wohl diesmal nicht so viel Beachtung finden wird wie sonst, denn wie sollen Dinge mit einer kleinen namenlosen Katze mithalten, die spielen und fressen will und unbedingt jemanden zum Liebhaben braucht? Da steht Krischan groß und gerade und schaut, wie sein Sohn mit seiner Restfamilie ins Auto steigt und davonfährt.

Er winkt und denkt daran, wie er Lene und dem Kätzchen das Weihnachtsfest schön machen wird.

Als erstes will er die Ölheizung in Betrieb nehmen, denn Lene soll es schön warm haben im ganzen Haus und ein warmes Bad soll sie auch haben und planschen, solange sie will. Es ist ja nicht so, dass Krischan zum alten Eisen gehört, denn seine kleine Lene hält zu ihm.
Lene aber streichelt das Kätzchen und singt

„Kätzchen, Kätzchen, kleiner Spatz,
hast in meinen Händen Platz.
Kleiner Bauch und großer Mund
wachse schnell und bleib gesund."

Aschkatze

Fast täglich beschickte Anne die großen Brennöfen eines Baumarktes mit den Tonerzeugnissen der Kunden. Das Brennen von Ton gehörte als ihre Arbeitsaufgabe zu den Dienstleistungen des Baumarktes, damit die Kunden Tone und Glasuren und die vielfältigen Werkzeuge für das Töpferhandwerk kauften. Die Hobbytöpfer nutzten dieses Angebot gern. Sie kamen mit feierlichen Gesichtern und große Körben ungebrannter Irdenwaren. Ungeschrüht, so heißen die tönernen Dinge, wenn sie noch nicht der ersten Glut des Brennofens ausgesetzt waren. Die Töpfer erkannte Anne auf einen Blick, schon an der Eingangstür des Baumarktes. Schon von weitem suchten sie mit unsicheren Blicken den Weg zu den Brennöfen und vorsichtigen Schrittes trugen sie ihre Körbe in die kleine Werkstatt, in der die Brennöfen standen. Dort angekommen, stellten sie die oft schweren Körbe ab. Anne half beim Auswickeln. Die ungebrannte Ware war dick in Zeitungspapier eingewickelt, um Transportschäden zu vermeiden.

Zunächst war die gesamte Rohware auf den Brennöfen abzustellen, denn die Kunden hatten daheim oft wenig Möglichkeit die erforderliche Trocknung vorzunehmen. Stellt die Brennmeisterin die Waren in feuchtem Zustand in den Brennofen und beginnt mit dem Schrühbrand, der alles im Ofen enthaltene Brenngut auf etwa 900 Grad Celsius erhitzt, endet das wohlgeformte Dasein der Tonware bereits bei etwas über 100 Grad mit grandiosem Knall. Das durch das Verdampfen austretende Wasser zersprengt die mühsam erzielten Formen in tausende kleine Splitter, die durch die Kraft der Explosion dann auch bereits trockene Ware in Mitleidenschaft ziehen. Solche Fälle traten manchmal auf, wenn ungeduldige Kunden ihren Zeitplan des Verschenkens über die geregelten Abläufe der Herstellung der Irdenware stellten. Die verunglückten Brennvorgänge verursachen viel Kummer und oftmals beschwerten sich die Kunden, nachdem ihre viele Arbeit auf ihren eigenen ausdrücklichen Wunsch hin in tausende Scherben zerlegt wurde, bei der nun ebenfalls aufgebrachten Brennmeisterin. Nicht nur beim Schrühbrand kamen solche Kummerbrände vor: Viel unberechenbarer sind die zur Herstellung einer dekorativen hauchdünnen Glasbeschichtung notwendigen Glasurbrände. Durch das Mischen von feinsten Quarzsanden und Metalloxiden entstehen handelsübliche Glasurmischungen, die nach Gebrauchsanweisung bei bestimmten Temperaturen zu schönen farbigen Glasurschichten ausschmelzen. Dieser Aufschmelzprozess hat Tücken. Das Ausschmelzen ist von vielerlei Faktoren abhängig: Von der Form des Tongefäßes, von den Bestandteilen des tragenden Scherbens, vom Sauerstoffgehalt in der Brennofenatmosphäre, von der Gleichmäßigkeit und Dicke des Auftrages, von den Glasuren der Nachbargefäße und nicht zuletzt von der Temperaturführung des Brandes. Bleibt die Endtemperatur etwas zu lange erhalten, kann es passieren, dass die gesamte schöne Glasschicht am Gefäß herabläuft und das Gefäß untrennbar mit der tragenden Bodenplatte oder den stützenden Hilfsmitteln verbindet. Steht die Endtemperatur zu kurz, bildet sich keine glänzende Oberfläche. Anne konnte sich also drehen und wenden wie sie wollte, Kummerbrände blieben unvermeidbar.

Eines Tages betrat ein herrisch wirkender Kunde mit einem großen Korb voller bereits gebrannter und mit dem Glasurpulver beschichteter Windlichter den Baumarkt. Er steuerte zielstrebig die Brennwerkstatt an, in der Anne gerade einen der vier großen Brennöfen ausräumte. Bereits beim Auspacken sah Anne, dass die Windlichter mit einer viel zu dicken Glasurschicht versehen waren.

Sie sagte dem Mann, dass die Glasur in dieser Stärke sicher nicht schön aussehen würde. Wie es ihre Pflicht war, wies sie den Kunden auf die Gefahr des Herablaufens der Glasur in der Hochtemperaturphase des Glattbrandes hin. Dem Mann fielen ob dieser Auskunft bald die Augen aus dem Kopf. Er lief rot an und mühsam gefasst meinte er, dass die Brennmeisterin das mal ruhig seine Sorge sein lassen solle. Sie möge bitte die geforderten 1040 Grad einstellen und den Brand beginnen. In diesem Moment öffnete sich die Baumarkttür erneut und ein kleines Mädchen kam hereingeeilt, um ihr aus Ton nachgestaltetes Kätzchen als Weihnachtsgeschenk für die Mutter in den Glasurbrand zu geben. Ihr Liebling besaß eine ganz eigene Färbung, deren Ausprägung landläufig als Aschkatze bezeichnet wird. Sie hatte nun versucht, diese Farbe mit Ockertönen nachzubilden und die ganze Figur zum Abschluss mit einer farblosen Glasur überzogen. So lag das noch unfertige kleine Kunstwerk in ihren ausgestreckten Händen, eine zusammengerollte Katze mit dem pulvrigen Weiß der transparenten Glasur überzogen, durch welche unscheinbare Ockertöne durchschimmerten.

Anne schaute kritisch den immer noch rotgesichtigen Mann an und fragte ihn, ob die Katze noch mit in den inzwischen eingeräumten Glasurbrand hineindürfe. Von mir aus, sagte der mit einem Achselzucken und die Miez fand ihren Platz zwischen all den kupfergrün glasierten Ungeheuerlichkeiten der Weihnachtszeit in einer vorsichtig freigeräumten Brennofenecke. Der Brand begann, die Endtemperatur wurde weit in der Nacht erreicht und wie vorhergesagt begann die dicke Glasur zu fließen und die nun grün erstrahlenden Windlichte glänzten in der Glut. Weil die Glasurschicht aber wie von Anne festgestellt, viel zu dick bemessen war, floss das glänzende Glas die Teelichte hinab, verharrte noch kurz an der Grenze der Gefäße, um dann, wegen des nachfolgenden lavagleichen Glases, auch diese Grenze zu überwinden. So bildete sich langsam aber sicher um jeden einzelnen Fuß der Teelichter eine kleine Pfütze aus flüssigem Glas. Die Pfützen breiteten sich langsam aus, um schließlich alle Teelichte an ihrem Fuße in einem kleinen Glassee zu baden. Gleichzeitig machten sich die Kupferatome der Glasur auf den Weg in die glutheiße Brennofenatmosphäre und setzten sich an allem ab, was noch geringerer Temperatur war. So wurde auch das eingeringelte Kätzchen in seiner Ofenecke mit einem goldgleichen Rot und einem Hauch Kupfer überzogen. Am frühen Morgen war die Haltezeit der Endtemperatur vergangen und der Brennofen schaltete ab. Während des knackenden Abkühlens verfestigte sich die Schmelze unter den Windlichtern in inniger Verzahnung mit der tragenden Schamotteplatte untrennbar zu einer Einheit aus Glas und Stein.

Noch einen Tag weiter fiel die Brennofentemperatur soweit, dass sich der Ofen gefahrlos öffnen ließ. Anne staunte den Glaswald an, der sich nur samt Platte aus dem Ofen nehmen ließ. Na, das ist ja ein echter Kummerbrand, dachte sie, das Geschimpfe des herrischen Mannes vorausahnend. Aber aus all dem giftigen Kupfergrün leuchtete aus ihrer Ofenecke ganz warm und golden die kleine Aschkatze hervor! Sorgsam barg Anne das kleine Wunder in ihren Händen. Warm schmiegte sich die kleine Ringelform an sie und der Brennmeisterin wurde warm ums Herz. Sie hob das Kunstwerk vor ihre Augen und staunte. So hatte sie, mit ungewollter Unterstützung des herrischen Mannes das wunderbar lebendige, goldene Kunstwerk des kleinen Mädchens vollendet.

Überall…

In einem Bettchen, in einem Vorort einer mittelgroßen Stadt, irgendwo in Deutschland, rollte sich am Vorweihnachtsabend ein kleines Mädchen unruhig hin und her. Es konnte einfach nicht einschlafen: zu viele Gedanken, zu viele Wünsche schossen ihr durch das kleine liebe Trotzköpfchen! Immer wieder sah sie einen großen Schlitten vor sich, der auf wunderbare Weise die Bodenhaftung verlor, und, gezogen von zwei riesigen Viechern mit jeweils einem Horn auf dem Kopf, direkt in den Himmel startete. Eine rote Zipfelmütze ragte über den Rand der Rückbank. Lene konnte es ganz deutlich sehen: Der Wagen war furchtbar überladen!
Sie grübelte und grübelte, wie wohl die Geschenke, die sie und ihr Bruder Linus bekommen würden, in diesen Schlitten gekommen sein könnten.
Sie ersehnte sich genauso ein Einhorn, wie es den Schlitten zog, mit einer feschen Puppe darauf.
Schließlich gewann doch der Schlaf die Oberhand.
Am nächsten Morgen, es war noch dunkel, fuhr sie wie der Blitz wieder hoch; sie wähnte sich gerade erst eingenickt! Doch nun lag der 24. vor ihr:

wunderbar langer Tag mit der großen abendlichen Verheißung!
Lene hörte, wie die Kellertür zuschlug und Mutter in den Korridor des Häuschens hinein schimpfte:
„Mann! Michael! Wie oft muss ich es noch sagen! Die Klinke ist kaputt!"
Der Papa gurgelte im Bad, die Klospülung lief.
„Ja, ja!"
Lene hörte dumpfe Schläge. Die Mutter klopfte die lose Klinke auf der Kellerinnenseite einfach wieder fest.
Am Abend wuselten die Kinder um die Eltern. Besonders Linus war sooo lieb – er konnte sich vor Hilfsbereitschaft nicht einkriegen!
„Darf ich den Kartoffelsalat ins Wohnzimmer tragen?"
Schon griff er nach der Schüssel. Pustekuchen! Die Mutter, von der Arbeit leicht errötet, klopfte Linus auf die Finger.
„Noch nicht! Linus! Der Weihnachtsmann kommt nachher und Papa bereitet alles vor. Also, warte es ab!"
Nach und nach kamen Gäste, denn der Weihnachtsmann liefert heutzutage oftmals gesammelt aus:
Weihnachtsmannsharing!
Diesmal waren sie die zentrale Anlaufstelle für die Lieferung der Geschenke in ihrer Straße. Bald

schon stand der Korridor voller Schuhe, das Kinderzimmer hing voller Jacken und Mäntel. In der Küche drängten sich die Gäste, jeder mit einem Glas voller Glühwein in der Hand.

Dann kam der ersehnte Moment: Papa riss die Stubentür weit auf. Der Baum leuchtete, die Kugeln blitzten, alles war wie in Lenes Vorstellung! Die Gäste suchten sich einen Platz, nur Oma Heike und Opa Andreas fehlten noch.

Der Papa rief Lene heran – auch sein Kopf glühte jetzt vor lauter Aufregung.

„Lene, kannst du bitte Apfelsaft aus dem Keller holen? Die Kinder haben bestimmt Durst!"

Das Mädchen hüpfte durch den Flur, öffnete die Kellertür, ließ sie weit offen, damit nicht die blöde Klinke wieder abfallen würde. Außerdem brauchte sie dadurch nicht darum zu bitten, dass ihr jemand das Licht anschaltet, denn der Schalter war so weit oben angebaut, dass sie einfach nicht drankam!

Gerade als sie im Keller nach der Apfelsaftflasche griff, schlug die Kellertür mit einem Knall zu. Gleich darauf hörte das Mädchen, wie die dämliche Klinke die Treppe herunterrasselte.

„Verdammte Axt!"

Das hatte sie vom Papa. Jetzt stand sie im Dunkeln. Vorsichtig ließ sie die Apfelsaftflasche wieder in den Kasten zurückgleiten. Dann tastete sie sich bis zur Treppe vor, stieg bis an die Kellertür

und tastete nach der Klinke. Nur der Vierkant ragte ihr entgegen und sie konnte ihn natürlich nicht drehen. Sie saß im Dunkeln fest!
Also schlug sie mit der flachen Hand gegen das Blech. So ein schwaches Patschen! Das hörte niemand! Jetzt klopfte sie schon energischer mit den Knöcheln, dann hämmerte sie mit den Fäusten.
Nichts!
Sie spitzte die Ohren. Von draußen klang Musik. Sangen die etwa?
„Sind die Lichter angezündet
Freude zieht in jeden Raum..."
Das reichte. Nun trat sie abwechselnd mit beiden Füßen gegen das Blech. Dann drückte sie das Auge gegen das Schlüsselloch und schrak zurück:
Eine aufgerissene Pupille blickte ihr entgegen. Erschrocken piepste Lene:
„Linus?"
Das Auge verschwand. Dafür konnte sie erkennen, wie die Leute in den Korridor strömten, denn auch an der Außentür hatte es kräftig geklopft. Der Weihnachtsmann war da!
Unter ‚Hallo' drängten alle wieder in das Wohnzimmer. Verdammt, nun war der Weihnachtsmann da, und sie saß hier fest! Das war zu viel. Lene schluchzte auf. Heiße Tränen rannen über ihre Wangen. Wieder hörte sie, wie die Menschen im Wohnzimmer sangen.

„… jedes Kind will Frieden haben,
jedes Kind in jedem Land…"
Es klingelte. Lene konnte durch das Schlüsselloch sehen, wie die Mama die Oma Heike und den Opa Andreas begrüßte.
Noch im Mantel fragte die Oma nach ihren Enkelkindern. Ja, wo sind sie denn?
Und da ging der Mama auf, dass eines fehlte: Lene!
Das Mädchen im Keller hörte, wie der Ruf nach ihr durch den Korridor hallte. Sie stellte sich vor, wie die Leute im Wohnzimmer nach ihr suchten.
Da wurde dem Mädchen ganz warm im Herzen; sie schmierte die Tränen breit und lächelte.
Tatsächlich dauerte es nur noch wenige Sekunden, bis der Papa die Kellertür aufriss. Nun war Michael ganz blass. Er riss seine Tochter an sich, presste sie ganz fest an seine Brust:
„Oh, Lene!"
Weinte er?
Gewiss, ein bisschen. Der Überschwang der Feier wurde ein klein wenig gedämpft und den empfindsameren Gästen war klargeworden, wie zerbrechlich unser Glück doch ist.

Auf jeden Fall sangen danach alle aus vollem Herzen noch einmal gemeinsam das schöne Lied und Lene sang ganz laut mit!
„… leuchte Licht mit hellem Schein
überall, überall soll Freude sein!"

Zum Autor:

Jens Kirsch,

geboren 1958, Ausbildung als Diplomphysiker an der Universität in Greifswald.

Tätigkeiten im einzigen ehemaligen Atomkraftwerk der DDR, an der Uni Greifswald, bei den Stadtwerken Greifswald, 14 Jahre Gemeindevertreter in der Gemeinde Wackerow.

Malerei seit 1978, Website:

www.kirsch-immenhorst.de

Mehrere Veröffentlichungen in der Dorfzeitung Wacker(ow) Blatt, Ostseezeitung, Künstlerzeitschrift „Die Buhne".

Verheiratet, vier Kinder, zehn Enkel

Bereits im gleichen Verlag erschienen und im Online-Handel verfügbar:

Wer sucht, der versucht...

Die Welt in der wir leben

ISBN 978-3-7412-6129-8

Josef Dainer hat die Nase voll vom Job. Er will in der Abgeschiedenheit des Ryckbogens ein neues Leben beginnen. Wenn nur der Zwang Geld zu beschaffen nicht wäre!

Kommen Sie mit auf die Reise aus dem vorpommerschen Greifswald nach Ghana, in das indische Agra und zu den Astronauten der ISS. Die Probleme gleichen sich in verblüffender Weise: Das Leben muss gesichert werden. Aus dieser Suche nach Sicherheit erwachsen Versuche, immer neue Versuche...

Benterdal

ISBN 978-3-7392-3807-4

Stoffel, ein ausgesteuerter Schlosser, dessen tätige Hilfe im ganzen Dorf gern angenommen wird, sucht nach einem neuen Sinn in seinem Leben. Gut ist, dass ihn die Beseitigung nicht ganz öko-logischer Hanfprodukte nach Benterdal führt, wo er auf Josef stößt. Hier starten sie und ihre Mitstreiter den Aufbau einer solidarischen Dorfgemeinschaft, die durch den Zustrom von Flüchtlingen ungewollt beschleunigt wird. Eine Entwicklung, deren Ende nicht abzusehen ist…

Es war einmal ein Dorf

ISBN 97 837 412 07570

Der Fischer Ture gerät anno 1168 mit dem ihm anvertrauten Mädchen Lyr in die Auseinandersetzungen des Königs von Dänemark mit Fürsten und Herzögen um die Vorherrschaft auf der Insel Rügen. Dieser Kampf der Mächtigen zerstört das Leben einfacher Leute. Auch Lyr und Ture werden in einen Strudel von Gewalt und Hass gezogen. Ihre Flucht vom Kap Arkona soll ihnen eine neue Heimat liefern. Doch Inger, Freundin Tures aus Kindertagen, steht der Liebe des ungleichen Paares im Weg.

Kursverlust

ISBN 9 783 744 848 442

Ein junger Ingenieur wird zum Kapitän, um seinem bisher allzu absehbaren Leben neuen Schwung zu geben. Er will gemeinsam mit seiner Freundin auf große Fahrt gehen. Dafür benötigt er Geld, das er als Schiffer in Berlin verdienen will. Dieses Projekt scheitert in jeder Hinsicht grandios. Allerdings lernt der unerfahrene Kapitän dabei einen sehr erfahrenen Berater kennen, der gerade einen Weg sucht, sein Geld vor dem Fiskus unsichtbar werden zu lassen und bei diesem Kunststück des Schiffers Hilfe gut brauchen kann.

So beginnt ihre gemeinsame Seefahrt nach Monaco, sie sehen Menschen sterben und sie retten Menschen. Das viele Geld, das ihren Weg begleitet, bestimmt und verändert nicht nur ihr eigenes Leben – und wie!

Bonobo

ISBN 9 783 746 025 940

Der Lebensraum der Menschenaffen schrumpft dramatisch. Zwei Überlebensstrategien prallen aufeinander: die kämpferisch aggressive der in die Enge getriebenen Schimpansen prallt auf das harmonieorientierte Lebenskonzept ihrer nächsten Artverwandten, der Bonobos. Für beide Gruppen geht es um Leben und Tod, denn sie werden von ihren entfernteren Artgenossen, den Menschen, gnadenlos verdrängt.

Doch nicht nur ihr Lebensraum schwindet. Sie selbst sind es, die als Bushmeat das notwendige Eiweiß für die Männer liefern, die ihre Wälder abholzen. Ein perfider Fleischwolf dreht sich, der mit Besorgnis und wissenschaftlichem Interesse von deutschen Verhaltensforschern beobachtet wird, die bald selbst in den Fokus von Überlebensstrategen geraten…

Wie wird dieser Kampf enden?